Resetting
Your
Life

重启
人生

刘楠

——

著

湖南文艺出版社
HUNAN LITERATURE AND ART PUBLISHING HOUSE

博集天卷
CS-BOOKY

Resetting Your Life

重启人生

当危机来袭

▼

所谓的危机是因为未知和不确定，而寻求改变
是最好的方法。

重启人生

Resetting
Your
Life

与过去告别

▼

快乐是在前进的选择中产生的，当你坚定了
自己想要追寻的意义，那么在追寻的途中，
每一项小小的成就都足以让你满足。

与改变共处

▼

爱与被爱所带来的力量，
更能让我们前进。

37岁生日会，刘楠与粉丝"南瓜"们

刘楠在她的"楠得好物"直播间

▼

每一次的直播都是精心策划和满心期待，所有的笑容后面都有汗水，但是所有的汗水都会被粉丝的喜爱和肯定抹去。

Resetting Your Life

重启人生

与爱共成长

▼

也许全世界都对你的快乐与悲伤视而不见，他们却将之镌刻在心里，因为你就是他们的全世界。

刘楠和女儿相处的点滴

一起前行的路上，带她看尽世界的美好。

刘楠和女儿郊游

▼

养育孩子的过程就是在不断地"放手"，看着她变得勇敢且自信。

围巾　10元
防晒帽+冰袖 128元
面膜　79元/5张/盒
防晒霜/保护乳 59+99
川金坊精华 189/3瓶
气垫套装 149
米糕　2元/个
方彩蛋糕 5元/个
酸辣粉 5元/份

刘楠带女儿"摆地摊"

重启人生

▼

年龄只是一个数字，深度要靠自己去不断挖掘，广度要
靠自己去无限延伸，这两者都没有边界。

准备好重启人生了吗？

▶

RESETTING
YOUR
LIFE

●

目录

Contents

第三章 ▶ 与改变共处

减肥是适应的过程，打破旧的藩篱，建立新的秩序。

第四章 ▶ 与爱共成长

减肥是新生的过程，重塑内在的自我，发现爱与被爱的美好。

RESETTING
YOUR
LIFE ▲

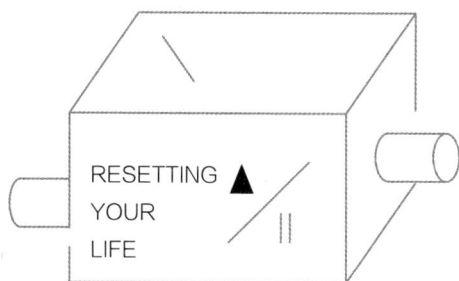

第五章 ▶ 重启人生

多重身份中，审视、舍弃、改变、新生，重塑自我。

焦虑应该是这个时代的调性吗？

焦虑应该是这个时代的调性吗？

都说这是一个"贩卖焦虑"的年代，就业的窘境、长辈的催婚、相亲的受挫、孩子的学区房、自己的中年危机、年老父母的身体状况……在社会节奏越来越快的今天，对于在生活这片汪洋大海中沉沉浮浮的人们而言，焦虑似乎已是常态。

焦虑应该是这个时代的调性吗？不可否认，焦虑有时是一种相对有用的情绪，因为它帮助大家解决了当下的问题，促使我们采取行动。但是大部分时候焦虑带来的却是恐惧、紧张甚至痛苦，让人变得像挨了锤的老牛，丧失了斗志。是屏蔽不必要的焦虑，还是通过焦虑确认自己的欲望并为之努力？在这本书里我想跟大家聊聊我的选择。

大概是一个初春，受邀参加某场论坛，我特地提前一个月定制了西装，不承想这套西装却成了当日最大的尴尬。我站在台上，聚光灯打在脸上，身体被裹在整整小了一寸的西装里，在那种压抑感之下，我仿若暂停了自主呼吸，感觉台下观众的眼睛就像一根根锋利的刺扎在我身上——站在台上的每一秒都无限漫长。好在我内心足够强大，表情管理、肢体控制还算到位，并没有出现过多的窘状。

当天的媒体对待我的身材并没有像对待女明星那样严苛，报道多聚焦于我发表的演讲内容。被媒体"放了一马"，我却并没有松一口气，打开微博关注，对身材的评论不在少数。人们往往对女性的外表给予极度关注，如果换成一个发福的男嘉宾，舆论批判的重点应该会投注在他的观点上，而不是聚焦于胖了的这几寸。

往常我一直"佛系"地看待胖瘦，只要不影响健康，胖点也行，瘦点更好。通过回避的方式来解决问题，按照心理学家的说法，叫作压抑，即用各种各样的借口压抑自己的痛点。可是，西装小的那一寸带来的冲击，就像针灸后的酸麻，不疼，但是也不好受。真正的改变发生在半年后的一次体检之后，你能想到的各种健康指标，我都有或轻或重的问题，这已经不是回不回避的事情了。活到这个年纪，学会了压抑焦虑，假装一切都好，把焦虑定义为矫情，坚持做一个不矫揉造作的中年人。可是，身体是有记忆的，大脑也拥有自动起承转合的能力，半年后的一张体检单轻易唤醒了我对那小了一寸的西装的焦虑。

现在，我的办公室一半的空间被健身器材占据，而另一半是 Molly（我养的猫）的地盘。

　　健身半年，还是那个"佛系"的心态，胖点也行，瘦点更好。但我知道，它的Ｂ面已经完全不同了，健康给予了我最大的心理依托和自信。

　　除了体检单带来的焦虑，面对生活，每个人都无法避免压抑情绪，难免遇到让自己难挨的情况。情绪这个东西，它是与生俱来的，我们无法彻底消除它，我们需要做的，就是接受情绪的存在，并找到跟它和谐共处的方式，让它学会乖乖待在我们身边，尽可能不打扰自己，也不打扰别人。

　　在蜜芽大部分员工眼里，我可能是个笑声有点"豪放"的老板，工作时间久一点的同事都知道，只要听到一阵爆笑声，那一定是刘楠来公司了。我在新员工的初印象里恐怕也像《红楼梦》中王熙凤的出场，"一语未完，只听后院中有笑语声"。

　　当然也有焦灼的时候，通常是在高管会议上，我努力压抑内心翻涌的情绪，努力做好表情管理。也有员工跟我说过："楠姐，你不笑的时候，我就知道方案你不太满意。"我用一个相对缓和的信号表达自己的情绪，不能让单纯的情绪发泄影响事件本身的进度，这也是与情绪共处的原则。如果纯粹将心力用于在发泄情绪上做文章，这是对情绪的浪费。

　　微博上有很多年龄相仿的网友给我留言，他们倾诉最多的是，人近中年，失控的情况越发频繁。现在大家常常喊中年危机，危的是什么呢？是新陈代谢的迟缓让我因为多吃几口就飙升的体重吗？是体检单上的"＋"吗？还是力不从心的无奈感，情不由衷的疲惫感？

在我看来，中年危机都是年轻时没有解决好而存下的问题，它不是一个群体必然要经历的劫难，而是一个人不愿意积极面对生活而导致的后果。年轻的时候，选择了一条安逸好走的路，等到上有老要赡养下有小要抚养的时候，就会发现，这条好走的路也越来越不欢迎你。

很多时候我们没有及时解决该解决的问题，把整个人生中的困难堆到了一个阶段里，于是视野就变得异常狭窄。危机从没有放过我们，而我们也不要放过危机。

中年的我们，经历漫长的磨砺，正逐渐拥有从容不迫、举重若轻的充实，不骄不躁、不偏不倚的成熟。岁月抹去了我们经常上扬的嘴角，却也深邃了眼神，聪慧了头脑。**现在的我们活得越来越通透，是挫折的礼物；思考越来越深刻，是时光的礼物；心态越来越从容，是阅历的礼物。**

第一章

当危机来袭

直面自我的身和心，

道阻且长，逆流而上。

▶ 重复中的疲惫感，
是需要直面的功课

虽然走向掌控在自己手中，但我也一样好奇，因为一切都是未知的。

年龄是一串清晰的数字，不断递增。它的有趣在于，时间赋予其更为丰富的内涵，那就是人生的经历，有不期而遇的温暖，也有一些不在计划之中的事情发生。

人在很年轻的时候，总是奋力向前，一路奔跑，似乎永远都不能停下来。翻看备忘录，里面有一条：出发没多久，所以很清楚为什么出发。出发的初心在来时路上的起点处熠熠生辉，那要奔向何处呢？人总是会时有迷惘。

常说距离产生美，和生活拉开一点距离，似乎就能更直观地看到生活中的自己，也更知道自己的着力点在哪里。

三十五岁，悄无声息自然而然地到来了。

作为一个老板，公司大大小小的事情正常运作；作为一个母亲，女儿慢慢开始能理解我对她不多的陪伴。一切似乎都在按部就班地稳步前进，但是在某一天，我开始思索人生的意义，思索生活这个庞大的机器日夜不息地运转，到底要去向何方？开始担心身体的机能，深夜躺在沙发上吃的薯片，会不会对身体造成不可控的影响？这些不断跳进脑海的问题让焦虑悄然而生，也让我清晰地意识到中年的来临。如同童年迈入青春，青春迈入成熟，从熟悉迈入陌生。

不知道你有没有过这样的体验：日复一日重复着同样的生活，看似风平浪静，但若在一成不变中猛然审视自己，发现好像总有些不对劲。

哪怕前人再有经验，只有自己实实在在经历过才知道在当中的感受。转弯处难免有一些要面对的变化，似乎和自己无关的事情变得近在咫尺，一丝丝慌张之后，发现：哦，这是中年危机啊……预告片来得有些戏剧性，接下来，剧情会是怎样的走向呢？**虽然走向掌控在自己手中，但我也一样好奇，因为一切都是未知的。**

*

深夜里各种热量的过度摄入，让我的体检报告上不止一项指标亮了红灯。最直观的表现，就是体重的居高不下。每天日程满满当当，十分忙碌。早餐来不及吃，午餐时间可能在开会，下午四五点开始点外卖，晚上十点钟回到家，家人都已经进入梦乡。

而当我开始在冰箱里找食物时，大部分时候我已经没有了更多的力气再为自己准备一顿丰盛的夜宵，同时为了尽可能少发出声响，摸到什么就开始吃什么。薯片是家里的常备品。这一天下来，并没有吃到好的东西，没有真正吃到食物馈赠给人类的那些精华。

食物是来自大自然的馈赠，在饿着的时候吃到喜欢的食物，这本身就是幸福的重要组成部分。浑浑噩噩过完一天，反而摄入了好多垃圾和热量，这是不是大多数都市人的真实写照呢？那些严于律己、有着骄傲马甲线的人，似乎更多地存在于地铁和商场门口的广告牌上。

生活中的难题，像一个接着一个的不真切的彩色泡沫，还没来得及细细观看，就"嘭"的一声，快速地炸开或者迅速被放大。

*

疲惫地结束一天的工作后，要以什么样的心态来迎接另一天的开始呢？

小时候妈妈的怒吼"晚上不睡，早上不起"，其实是很多都市人的常态。晚上有手机、零食和剧的陪伴，不知不觉就很晚了。其实晚睡也是一种报复性的补偿：很多人都觉得自己白天已经工作得很辛苦了，晚上为什么就不能轻松一点呢？这个放松的时间，不知不觉就被无限延长，并且反复循环。

早晨通常是起不来的，每天早上的闹钟简直就像夺命连环call。如果十点开会，我就强迫自己八点半起来。但因为自己就是老板，没有被约束，我干脆就选择不约在十点开会了，后来十一点的会议对我来说就是最早的会议了。如果能跟谁约一个早餐会议，那绝对是为了超级重要的事情。如果十一点有会议，我会在十点匆忙起来然后出门，早饭一般也顾不上吃了，坐在车上化妆，就这样被时间催促着，被焦虑占据着。

*

生活中，我们总有无数的"被需求"，在家庭中充当着妻子、女儿、母亲，在工作中充当着老板、同事、合作伙伴，每一个角色都需要我们为之付出精力。我们真正留给自己的修复时间，却少之又少。

在这种情况下，休息时间越来越往后延，很容易就会拖到凌晨三四点睡觉。睡眠严重不足导致的直接结果就是，第二天经常间歇性卡顿，思考的步伐会突然停止，情绪也越来越不对，亢奋和无力的两极分化尤为明显。每天都想早一点睡，可是每一天都被压着无法前行，只能被迫不断加快进度条，可时间依然不够用，哪怕分秒必争也毫无起色。

循环往复，就越来越感觉，自己像被系在了时钟的指针上，被时间拖拽向前，周而复始，从而变得越来越焦虑。

人总是很容易欺骗自己，找理由合理化自己的行为：晚上大家都睡得很晚，十二点半也不算晚吧？昨天刚刚锻炼了，今天奖励自己一盒冰激凌也没关系吧？在不知不觉中，离精力管理的目标就会越来越远。

还有一种自我欺骗的方式很隐蔽，那就是认为自己一定是对的，而往往固执也会让我们错失很多机会。所以，打破自我蒙蔽，诚实地看待自己，才能更清楚地认识自己。当然，这都是后话了，是经过一系列的探索和改变之后才发现的。

生活在快节奏、信息爆炸的时代，大家都习惯了争分夺秒，希望高效利用时间，所以经常说要学会时间管理。很多人手机里有很多管理时间的 App，随身带着日程表和待办事项清单，把时间安排得明明白白，但还是觉得时间永远也不够用。

作为一个日程感很强的人，在面对自己无处安放的焦虑时，我发现不仅仅需要管理时间，还需要管理情绪、合理安排饮食，同时思维方式也要实时更新，这些统称起来，其实就是指管理自己的精力。一个人的精力总是有限的，安排和分配自己的精力，比安排满当当的日程要重要得多。尤其是到了中年，所谓的疲惫感经常会在某一个不经意的瞬间卷土重来，包裹全身。

这些疲惫感又不仅仅属于中年人，管理精力是每一个成年人的必修功课。

▶ 危机中寻求改变，
才是唯一出路

稍微停歇一会儿再问问自己，去寻找改变的方向，也许我们一直寻找的人生意义，就在我们行走的道路上呢。

一直变化是这个时代最大的不变量，人们很少有时间停下来认真面对自己。然而"吾日三省吾身"是必要的，越是变幻莫测的时刻，越要稳住自己的节奏，才能更好地前行。在面对我自己的中年危机时，蜜芽的命运也到了至关重要的转折点。

这是一个跨境电商群雄并起的年代，中国市场的开放程度远超想象。在价格战打得腥风血雨的时候，无数的资本不断涌进来，时局不断变化，线上各路电商的直播带货也形成了一股新的热潮。面临众多选择，对蜜芽来说，哪一条才是更为广阔的路呢？人们总觉得没有选择才是困境，因为创造选择的过程需要巨大的勇气和魄力，其实面对太多选择，一样需要决断的勇气和定力。我们有继续前行的信心和底气，但是怎样才能前行得更快更好呢？所以，关于蜜芽是否上市的问题，到了需要抉择的时刻。

在跟股东开董事会讨论的过程中，各方的意见难免会有分歧，甚至还会有僵持。有一位高管认为一定要上市，我坚定地选择不上市，我们各自都有自己坚持的理由，而目标也是同样的，都是希望公司往更好的方向发展，没有对错，并且一时也找不到任何结果来验证。于公司而言，人才流失是大家最不愿意看到的。很多人问我怎么看待竞争，怎么看待京东、阿里巴巴、聚美优品等等。在我看来，**真正强大的挑战，能够撼动根基的东西，来自内部和未来**。所以，我认为最大的挑战是我们的管理水平怎么能够跟上这个增速，而眼前的竞争带来的只是一些麻烦。在很多的碰撞和融合当中，我们为此也多多少少会付出一些代价。

当时觉得自己仿若置身一个光怪陆离的花花世界，面对诸多的选择——那些选择又相当诱人——要使劲甩甩脑袋，才能保持定力。江湖高远，在变幻莫测的环境里，你站在中间，有人要教你武功秘籍，有人要教你练轻功，还有人要教你修炼内力。抱着自己的行囊，站在中央，选择就变成了难题。也只有在这个时候，行走的人才会停下来，仔细盘点行囊中的物品，再来决定究竟选择哪一个门派。

当我决定不上市时，当时两家投行的亚太区一把手同时来说服我。他们在香港约了大把的投资人，下了飞机，一辆奔驰商务车直接带着我就去中环见六家基金，也就是所谓香港的 old money（财阀）。还去了传说中的中国会，那是传说中香港的权贵在一起打牌的地方。大家习惯了在牌桌上谈投资，old money 就讲："哎呀，我们很喜欢新经济啊，大家一起玩啊，现在股民这么喜欢你们内地新经济概念，上了市，有钱我们一起赚啊……"

那是一个非常戏剧化的场面，牌桌上热闹非凡，我坐在桌旁，似乎光亮照在了除我之外的地方，只有我的周围是暗淡的，没什么色彩。那个当下，其实我心里还是十分难过的，我当作孩子养大的蜜芽，在别人的眼里就是一个赚钱的工具而已。我知道对蜜芽来讲，上市意味着什么，公司会得到很多东西，也会失去一些东西，而失去的东西恰恰又是无比宝贵的。从商这些年，见识过资本的力量和手段，我不想去直面它，而想直面自己的内心。

其实这没有什么对错可言，每一个人都有自己的选择，但在那个时候我像个戴着面具走错了片场的演员。落幕后，我卸下面具，对着所有的幕后人员说："对不起大家，蜜芽不上市。"

*

有一段时间，我的体重到达了巅峰，身体亮起了警报灯，公司也正在寻求变化的关键时刻，所有等待解决的问题，在一个集中的时间，一起来到我的面前。

二〇一九年下半年，我三十五岁。在此之前，我从来都没思考过"中年危机"这个概念，更不会想到这个遥远陌生的词会当头棒喝，结结实实地落在自己身上。之前一直觉得自己很年轻，在创业者行列中，和其他同行相比，这个年龄也是相对较小的。总以为中年还遥遥无期，它却转眼就到了眼前。

三十五岁之后，有一些以前从未出现的问题，会反复在脑海中盘旋不去：一辈子七八十载，创立蜜芽，并且持续不断地做大做强，越来越成功，这是不是我的终极成就呢？时间赋予我这些经历和经验，衰老没有让我产生危机，但是年龄让我开始反思自己。很多人都希望自己在五十岁的时候可以超脱一点，三十五岁到五十岁，中间只有十五年的距离了。五十岁之后的人生，只是下半程的开始。这又是一段新的征程，我应该怎样开始呢？我在离开这个舞台的那一天，是否能从容自若地退场呢？

想到这些，一时间没有明确的答案。从初出茅庐到现在，因为一直有自己坚定要追逐的梦，所以未来总是显得生机勃勃，曾经的未来将至，人生的下半旅程突然没有了目的地，平时能让我获得满足感的东西，突然变得虚无缥缈起来。偌大的空虚才让人害怕和恐慌，这种空虚不仅仅来自未知，也来自对已知事物的困惑。

记得有一句电影台词："若要从悲伤和空虚中选择，我会选择悲伤。"由此可以想见，与迷茫空虚相比，悲伤似乎都变得不值一提了。

这就好比，一位一直认真训练的运动员，在每达成一次成就之后，都会非常有成就感，但是到达一定的阶段之后，似乎不知道应该怎么继续了。

因为那些需要达成的阶段性成果，都已经达成了。再不断地持续训练下去，也只是重复之前的结果。

空虚带来的焦灼感逐渐演变成了强烈的危机感，如同沉溺在水中，却抓不到一根可以拯救自己的稻草。在溺水过程中，如果想要自救，就必须要搞清楚自己所处的状况，并且找到自救的办法。

*

作为一个世俗意义上所谓的成功者，我觉得自己还能改变一些东西。但是，改变的出发点是什么？为了改而改是没有意义的。往哪儿改？改什么？这些都需要追溯到一个问题：我的人生到底在追求什么？或者说人生的意义是什么？我要重新找回那个意义，重新去定义那个意义，知道了那个意义，才知道往哪儿改。所以有半年的时间，我一直在找人生的意义。

每个人都对自己有着不同标准的要求，而为了达到这个标准，人总是容易和自己较劲。当自己战胜了这个较劲的过程，得到一个结果，在外人看来，这可能就是成功的表现。但是很多事情不是较劲就能得出结论的，这种时候人总是很难放过自己，所以无论是焦虑还是抑郁，都是有可能的。**情绪也会生病，就像人会感冒一样，无非是重感冒还是轻微感冒的区别罢了。**

有意识地调整情绪，其实就是在照顾自己。这并不是值得炫耀的事情，也不是难以启齿的话题，与这些为难自己的情绪共处，与化解情绪的过程共处，是接纳自己，更是寻找自己的过程。当安全渡过难关，回头看看那些不美好的日子时，如果能想起自己和自己碰撞的火花，也不失为一种记录，记录本身就是成长。

因为记录和反思，再回过头来看这一段经历，与其说是中年危机，不如说是一场自我觉醒。只不过你肯定知道，每一次从昏睡中醒过来，要历经多少痛苦和挣扎。而到了中年，有人笑称，所有的琐碎都能把"自我价值"揉得粉碎。千头万绪中，要重新整理出自我价值，更是难上加难。

过去所追求的人生意义，包含方方面面：事业、家庭和自我。每一个人都在为之打拼。于我而言，它们是公司、家庭，还有自己。把这家公司做得很成功，让更多的人用上理想品质的东西，是我的追求。我的孩子在健康长大，她也会有自己不一样的精彩人生，在力所能及的范围内为她保驾护航是我的追求。"爱幼中国""田蜜中国"，帮舍不避寒的孩子暖冬，让希望教育在山区萌芽，和贫苦农民共同寻找脱贫之路是我的追求。但是在这些追求当中，人们最容易忘掉的，其实是自己。这一切追求的载体，是自己。当一个人对自我的定位有疑问或者不确定性的时候，追求的东西也会变得摇摆。

人们总是强调不要以自我为中心，但现在，自我也是最容易被忽略的中心。不妨把注意力放回到自己身上，稍微停歇一下追赶时间的脚步，轻轻地问自己，你的需求是什么，你的内心渴望什么，这或许是最温柔也是最直接的方式。

所谓的危机是因为未知和不确定，而寻求改变是最好的方法。把注意力重新放回到自我身上，稍微停歇一会儿再问问自己，去寻找改变的方向，也许我们一直寻找的人生意义，就在我们行走的道路上呢。而我深知，这并不是一件容易的事情，道阻且长，却只能选择逆流而上。

▶ 肥胖是另一种失控，关键在心理

一个人在没有安全感并且没有支点的时候，需要通过热量的摄入告诉自己：我是可以掌控一切的。

在很肥胖的时候，我总觉得身体不舒服，一度以为心脏出了问题。大家都知道，在肥胖人群的体检报告中，很多指标都是有问题的，通常这个时候我们会给自己非常强烈的心理暗示，总觉得自己浑身是病。哪怕有很多小小的超标，并不会引起身体的病变，只是小小的警报而已，身在其中的人，还是会恐慌得不行，所谓当局者迷。

在一家三甲医院的心内科，大部分的医学检测我都谨遵医嘱做了一遍，包括经颅多普勒、心脏彩超等等，甚至准备做介入式检查。医生很专业也很负责任，后来，他认为目前的情况绝对没到要做介入式检查的地步。

他问，为什么觉得自己有心脏病呢？

我很坦诚地告诉他，我的父亲有心脏病，而大部分心脑血管疾病都是有家族遗传性的。父亲心梗的时候，我负责他住院的所有事宜。当看到他的造影成像片，灰色的底片，心脏在跳动，但是血管都堵住了，这幅画面定格在我的脑海中，像噩梦一般。同时，我有高血脂，而且这么胖。躺在床上的时候，我感觉自己的血液慢慢在凝固，血管也堵住。

什么时候感觉心脏疼呢？在夜深人静的时候。

医生就笑：心脏病患者基本上是在进行跑步等运动的时候，心脏才会疼，没有人在夜深人静的时候感觉心脏疼。

他建议我对身体做一个全面系统的检查，但是有一个结论是肯定的：导致如此不舒服的根本原因，一定不在心脏上。

在这之后，我又去了另外一家医院，同样做了检查，检查结果是一样的。

后来，机缘巧合，在另外一家私立医院挂了一位专家的门诊，他是国内非常权威的心内科专家，他开了一个"双心门诊"。以前我从来没有听过这个门诊，后来才知道，这位医生做心脏科的医生多年，发现很多患者在做了心脏搭桥手术之后，哪怕手术很成功，还是会复发。他们检查了很久也做了很多研究，最终才发现不是心脏的问题，而是因为心理疾病。所以他联合心理学的医生一起坐诊，也就是双心门诊。

我做好了十足的心理准备，准备迎接各种检查。医生看到之前的检查资料，很肯定地说："你什么检查也不用做，我能确保你不舒服不是因为心脏问题。"直到**后来我做了很长时间的心理咨询，才知道一切都归因于焦虑症。**

事后想想，担心自己有心脏病，这本身就是一种很明显的焦虑状态。

在这个快节奏的时代，焦虑和抑郁是大部分人的通病，或者是很多人都曾经有过的心理状态，只不过大家并不自知，或者认为可以去回避，并不把这当成一种需要解决的问题，而是陷入一种不知所措的状态，不知不觉就开始了无限的恶性循环。

*

虽然知道了自己的身体不适源自焦虑症，但是我仍然不知如何去改变，经常半夜坐在床上吃坚果。我先生对这件事情非常不能理解。后来，我先生和我一起咨询了协和医院的营养专家，这位医生简直太厉害了。

在一个小时的咨询里，医生批评了我先生："你给她的压力太大了，这样是没有办法帮助她减肥的，她内心其实很想减肥，但是你越是逼迫，她越是对抗。"

　　我先生就说:"你知道她半夜吃坚果吗? 黑暗中坐在床上,就像老鼠一样嘎吱嘎吱嚼东西,这很像是一种病态。"

　　医生解释:"站在正常人的角度,半夜坐在床上吃坚果确实不太正常,但是站在她的角度,是有合理之处的。"**一个人在没有安全感并且没有支点的时候,需要通过热量的摄入告诉自己:我是可以掌控一切的。**动物的本能就是获取热量,这样才能有活下去的机会,所以焦虑或者是没有安全感的时候,就需要热量。

　　为什么现在越来越多的人体重超标? **实际上人们已经不用像野兽一样去狩猎了,但是我们仍然没有安全感,仍然害怕失去,也仍然焦虑。**因为这些而摄入更多热量,于是就胖了!

　　营养专家认为,肥胖是由代谢问题和心理问题共同导致的。本质上,代谢问题也可以归根到心理问题上,所以肥胖归根结底是由心理问题导致的。

　　所以说,如果想要减肥,还是要先过了心理这关,这才是关键。

第二章

与过去告别

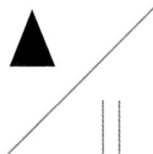

减肥是舍弃的过程，
丢掉过去的舒适，
创造更好的世界。

▶ 减肥，
是和过去的自己告别

人能做到自洽就非常难，再把已经自洽的体系打乱，这是难上加难。

当一个人的心理状态不稳定的时候，呈现出来的最明显的基调就是焦虑，当焦虑的红灯亮起，就是必须要给自己"减负"的时候了。

所谓减负，顾名思义就是减掉负累的东西，也就是大家常说的断舍离。断舍离是我很喜欢的一个方法论，在这个阶段，这是一个真正能帮助我高效思考的方法。在工作和生活中，你也不妨试着运用这个方法。

日本作家山下英子在《断舍离》这本书中强调过，断舍离不是要求人们随意地"弃"，而是把"舍"作为解决问题的方法之一。

扔掉旧东西，重新装修房子，换一套厨具，扔掉不需要的旧衣服，无一例外，这都是跟过去的东西告别。同样，**脂肪，是身体的一部分，离自己最近的东西，减肥又何尝不是一种断舍离呢?**

每个人都有心情不好的时候，这种时候，如果换一套新的餐具，有时就能让自己开心。在扔东西的过程中，也会让自己有一种恢复活力的感觉。体重、脂肪是身上的东西，是离我们内心最近的东西，跟它们告别的时候，这种彻底的完成感，远远比扔掉一套餐具或者换掉一件旧家具要更强烈、更真切。**如果一个人连这都能舍弃掉，其他所有的东西就都可以舍弃掉。**有很多人说"别小看一个能减肥成功的人，连肥都能减掉，还有什么做不到"，就是这个道理。

但是，换掉一套餐具容易，减肥——和自己的体重告别这件事情，却非常难。

体重是日积月累的，体重记录了我在创业中一点点丢掉自己的过程。现在要做的是找回自己，再把这些见证了自己身体变化的东西一点点扔出去，这其实是一件很难的事情。

＊

人太容易给自己找借口了，作为一个新时代有着独立人格的个体，其实你大可告诉自己完全不必在乎体重，也可以不在乎自己是否漂亮，也可以不在乎是否讨别人的喜欢，这些都是可以忽略的事情。但是，小了一寸的西装确实会让我仓皇，别人的由衷赞美确实会让我愉悦，如果不能真正做到内心毫无波澜，那就是一种赤裸裸的逃避。

其实有很长一段时间，我都在逃避这件事，也能给这件事做合理的解释，理由非常充分：人都是不完美的，要学会接受自己的不完美。我能把公司做好，把家照顾好，把孩子教育好，和同事关系融洽，这就足够了，体重也是自愿吃上去的，我就是不爱运动，我不想为难自己。我简直可以给自己找一百个理由不去减肥。

减肥对大部分人来说，就是否定自己之前自洽的这一套理论，这件事情非常不容易。**人能做到自洽就非常难，再把已经自洽的体系打乱，这是难上加难。**

*

之前的体重飙升是抵抗焦虑带来的自洽的结果，而现在要跟这个结果告别，甚至可以说，这不是告别，而是一种抗争。

大多数时候，人们从自洽中得出一个结果，就像把时间铸成了一个模具，按照这个模具去生活的话，多数时候是舒服惬意的。但当你想要抗争的时候，长期的舒适圈会让你感觉没有抓手，抗争的点是什么呢？

我先生在过去五年里，一直用各种方法，苦口婆心地唠叨着劝我减肥。但是，并不是有一个人在你旁边耳提面命你就能找到一个抓手，还是必须要自己说服自己，或者自己愿意打破自己自洽的理由。

就像现在很多"佛系"的年轻人开玩笑时经常说的，既然舒适圈很舒服，安安静静躺在它上面不香吗？生活本来就不容易，为什么还要给自己添堵呢？没有人愿意跟自己过不去，但是又总是绕不开必须要较劲的时候。到了必须要改变的时候，就必须要自己说服自己，给自己一个理由，就是给自己一个交代。

*

温水煮青蛙总是容易的，做出改变所需要的勇气总是巨大的。当时我告诉自己，要走出舒适圈的理由就是：中年危机来临，既然决定了要寻求改变，那首先就一定要做出一些改变，至于具体变成什么样，暂时也没有把握，只能静观其变。因为"嘴上总说着努力，却从不行动"不是我的做事原则。

　　先行一步，第一步就是**要把很多东西扔掉，这样才能找到最后扔不掉的东西**。我可能还是不能一下子找到人生的意义，那就选择一边断舍离一边减肥，这有助于更好地去寻找人生意义。

　　有了这个思想准备，我开始了漫长的减肥之旅。

▶ 掌控热量，
   把握节奏

深夜觅食就是空虚的体现，要通过对热量的摄取来体现对这个世界的掌控。

"道为术之灵，术为道之体；以道统术，以术得道。"道是人修身养性的根本，决定了一个人做事的底层逻辑，也可以说是精神指引。术是人做事的具体方法。

在减肥之路上，我经历了很多次失败，总结下来，我发现一个核心问题：我一直停留在"术"的层面。

比如和同事打赌，如果没有减到多少斤体重，就给他们发对应的红包。因为巨大的工作量，时间不允许我去健身房，于是我就请私教到办公室督促我健身。也尝试过多吃沙拉少吃饭，我让同事来监督我，到时间就来给我"投喂"沙拉。我想这样会起到作用。

这些其实都是在"术"的层面，出什么牌，就要什么结果。

好比膝跳反射，你希望锻炼成一种条件反射，把自己的身体当成机器来运转，这是非常机械化的。人和机器最大的区别在于，人是情感导向的生物。把人当作机器，最后难免会失败。

减肥成功的核心是过自己心理那一关，要自己想明白，要上升到人生"道"的方面。减肥的道理其实大家都懂，即少吃多动。但是要想成功减肥，核心在于从"道"的层面来看待问题，而不是"术"。于是，我开始调整这场抗争的战略。

＊

开始减肥之后，才知道自己以前吃得很多。以前总觉得自己已经吃得很克制了，怎么还是会胖呢？在前期的准备过程中，你可能会产生很多想象，认为自己就是压力导致的肥胖吧，理由非常多。但是真正开始减肥之后，你才能意识到，其实很多问题都是能解决克服的。

当然，也不能只是想想而已，用意念减肥，指望着一切都能改善，这是不可能的。

我首先改变了起居方式。之前在家里是先生照顾我，但其实他不是很擅长照顾别人。通常我下班回到家时已经十点了，但是还没有吃晚饭。这个时候已经很饿了，餐桌上大概率是没有饭的，家人都已经睡了，也不能打扰他们起来帮忙做饭，就只能打开冰箱或者储藏柜，抓到什么吃什么。

上了一天班，其实压力很大，所以我经常在晚上独自坐在黑暗中的沙发里，刷着手机，吃着薯片，这是很放松的时刻。我并不是想吃薯片，而是有什么吃什么，是带一点报复性情绪的进食。而这时候不可能想到热量这件事情，能想到的只有补偿自己。

也就是说，在"道"的层面想清楚之后，我发现自己在"术"的层面没有被很好地照顾。之前会想，工作这么忙，照顾我这件事情，是你理所应当要做的。但是，长时间把照顾自己这件事情压在别人身上，本身就是很不对的。

其实，生活中大部分人都希望自己能得到更好的照顾，很多人会把这种欲望和需求投射到家庭成员身上。这其实是绑架，一种情感上的绑架。但实际上，这是很不专业的做法。**很难让一个有着自己生活的人，完全为另外一个人负责。**这不仅不科学，而且也不道义。

当把这种责任完全转移回自己身上时，会发现其实就是对自己负责这么简单的道理。既然现在发自内心地想要照顾好自己，这件事情就应该由自己负责。既然要自己负责，就要想清楚自己的需求是什么，然后重新定义它。

于是，我从"术"的层面开始行动起来，列了一个翔实的计划。磨刀不误砍柴工，把减肥的种种事情细化，和之前相比，这也并没有增加时间成本。

我对自己说："以后由自己负责照顾自己的一切！包括去医院看病、一日三餐、衣服是否合身等问题。"以前我生病去医院，是先生带我去，现在我会准时给自己定好日程，实时注意自己的身体状态。以前家里有阿姨来帮忙做饭，可能上午十点来工作，晚上七点做完晚餐就离开。这就导致我晚上回到家中时没有晚餐，早上也吃不到饭。我的老公和孩子都是高代谢、高消耗的瘦子，他们的早餐是粥、花卷和炒鸡蛋，非常典型的中式高热量早餐。但是我这样低代谢的人，和他们一起吃同样的早餐，是不太好的。

整理好一日三餐的食谱其实并不难。健康餐的食谱网上有很多，当时我做了一个思维导图，把几百种低热量的健康食物列出来，把其中我爱吃的食物进行各种排列组合，做出了几十种一日三餐的食谱，这里总结为食物替代法。这种混合搭配营养较为全面，口腹都能得到满足，所以我才能更好地坚持下去。

慢慢养成早起做早餐的习惯，你会发现很多不一样的惊喜。当你可以吃到自己喜欢的早餐时，你会发现这是一件很幸福的事。

有一段时间，我每天都在朋友圈晒早餐的图片。盛早餐的碟子也是精挑细选的。**每天早上用自己喜欢的生活方式迎接新一天的到来，心情会变得无比愉悦。**这一点小小的改变，就能带来很多喜悦。

生蚝、扇贝、三文鱼，这些高蛋白的海鲜成了我早餐桌上的常客，牛肉、鸡蛋以及大量的蔬菜也是我喜欢吃的。当然，每一个人的喜好和需求都不同，这是我喜欢的早餐，每个人都可以根据自己的喜好和需求，来为自己"量身定制"一天的美好开始。

这在以前是不可能实现的。我是一个非常不爱喝粥的人，但是又没有办法提出改变，总不能因为自己的饮食习惯，而去改变家里其他两个人的饮食习惯。但是情绪会积压然后爆发，这就演变成某天早上我怒气冲冲地出门了。这是一个对自己、对家人都极坏的解决方案。

至于午餐和晚餐，我开始每天带饭到公司。到了时间，会准时把饭热好，开始吃饭。如果我在开会、会客或者在做其他的事情，我就请同事帮忙做这件事，甚至会在一些比较熟悉的客人面前吃饭，可以说是强行让自己的吃饭时间变得规律了。

*

自高中毕业以来，我从没有吃得这么健康过。在没有运动的情况下，一日三餐规律了之后，很轻松地瘦了十斤。

这其实和情绪有很大的关系。之前晚上我一边刷手机一边进食，一抬头就深夜两点了。这种时候会觉得：怎么能这么堕落！接下来会带着疲倦和愧疚躺在床上，但其实是睡不着的，因为这个时候焦虑会填满脑袋。但是要逼自己睡觉，因为明天还有工作。这种时候就有一种被生活压着走的感觉，而不是自己走在生活前面一步，去获取生活的美。

作息和情绪是相辅相成的。

早餐对我的启发太重要了。享受食物馈赠的快乐时，清晨的阳光就暖洋洋地躺在餐桌上，静谧而美好。我把这些感受告诉闺密，她也开始行动，甚至开始给早上"加戏"，想要拥有一个很幸福的早上，怎么能仅仅吃个早餐呢？她买了桌面音响、鲜花，吃早餐的时候是有音乐和花香的。早上越幸福，就越容易早起。

慢慢养成规律的作息习惯后，我早上七点到七点半就会自然醒。**不被闹钟催醒的世界是属于自己的。**拉开窗帘，小区里面的鸟儿热闹地叫个不停，晨练的老人迎着朝阳甩起了胳膊。有一次我七点半出门，才第一次发现，此时北京的街上已经如此熙熙攘攘了，早起上班的人、送孩子上学的人，来来往往，或是奔走，或是慢跑，或是闲庭信步，好不热闹，但在过去，这些场景是离我非常遥远的。你又有多久没有见过那些热闹的场面了呢？

我以前不知道早上的生活是什么样子的，而早起之后，看见了另一个不曾遇见的世界。七点钟醒来之后，可以跑四十分钟，晨起的释放是非常舒服的。也可以泡澡，泡澡的时候可以听音乐、想事情，也可以回复工作邮件，但是会觉得这一天的节奏是由自己来决定的，而不是别人催你去开会，你就匆匆忙忙跑去开会。

在之前，如果十一点有会议，我会十点匆忙起来然后出门，早饭肯定也不会吃，坐在车上化妆，一直被别人催促着，满足别人的需求。而泡澡是我在满足自己的需求，泡完澡吃一顿让自己很开心的早饭。然后开始换衣服，这种时候时间很充裕，可以试很多套衣服，最后去化妆。

明明是慢悠悠的一个早上，但是结束这一切之后一看时间，可能才十点，这是我平时刚刚起来的时间。三个小时过去了，但这种放松的感觉是以往没有的。可能平时夜里一点回到家，刷手机也会刷上两三个小时，然而那种被掏空的疲惫感，与早起满满的储能感比起来，有着本质上的区别。早起，就为自己的一天储藏了满满的能量。

现在我最晚夜里一点也就睡了，晚上也没有了吃东西的欲望。以前晚上总是要吃，**深夜觅食就是空虚的体现，要通过对热量的摄取来体现对这个世界的掌控**。但是当晚上有安全感的时候，就不再需要过多的热量了。

所以你看，早上过好了，晚上自然也就过好了。因为一天下来，自己都是赶在时间前面的，在引领并且掌控着属于自己的时间。

▶ 无压运动，
主动自律

一旦你认为自己在"坚持"运动，这就给自己造成了压力。当你的潜意识告诉自己"坚持"的时候，这件事情就被赋予了很高的难度。

除了改变作息、规律饮食，到了一月份，我开始改变运动习惯。

但我是一个完全没有运动细胞的人。

从中学开始，体育课就是我最费劲的课程。这其实涉及一个自我定义的问题，我不爱运动，这是我的自我定义。所以任何以运动开始的减肥，不超过一个星期，我绝对都会放弃。

逼迫自己的过程是很不快乐的，每个人都很难让自己持续做一件不快乐的事情。如同难以走出舒适圈一样，这些都需要非常顽强的意志来支撑。一个人的精力——包含体力和意志力——是非常有限的，运动是一件需要消耗很多体力的事情，能量总是守恒的，精力同样也守恒，需要消耗极大体力时，意志力是最为薄弱的。所以一定要降低门槛，让意志力的消耗降到最低，体力的消耗才更容易最大化。

现在很多年轻人讲自律，但我认为，如果自律让你感到痛苦，那么这个自律就是有问题的。自律绝对不应该是痛苦的，而是一种自然而然养成的习惯，这个习惯带来的结果是好的，养成习惯的过程也应该是轻松愉快的。我的做法是，**在快乐中找到自律的节奏，在自律中找到自己的快乐**。最后需要让自己快乐起来，达到逻辑的自洽，这才是最终的目的。

*

徐宏老师是我的研究生导师，曾在《创造你想要的世界》这本书中帮我写推荐语，他是大学期间对我帮助最大的老师。我在丢失人生意义的时候，就经常回学校找老师答疑解惑，前年基本上每三个月和他见一次面。

他跟我说："你不要把运动当成运动去做，你把它当成爱好去做。"

我说："我就不爱运动。"

他说："你好好想想，在运动里面你究竟能不能找到一个爱的？"

我笑。"跳皮筋算吗?"

我脑海里浮想的是,在小学时候的课间十分钟,我和同学拿着皮筋冲出去,跳各种花样皮筋。第一关是脚踝,第二关是膝盖,慢慢升级,皮筋的高度往上升,最后一个关卡手都举起来了。那些快乐的时光瞬间涌入脑海,这么说来,我明明从小就是享受运动的人啊!跳皮筋、砸沙包都是我喜爱的运动,玩起来也非常累,但都是酣畅淋漓的,那为什么现在反而这么不喜欢运动呢?后来想想,在中考的时候要测试八百米,大学体能测试又需要跑一千二百米,需要用体育能力锻炼的方式,来证明我在某个阶段是一个体育合格的人。这让本身运动细胞不是那么发达的我很快有了逆反心理。运动不是为了证明什么,而仅仅是一种习惯和爱好才对。

所以老师给我的建议是:**去找一个自己爱的运动,把运动当爱好。**

*

而当时就诊时,医生针对我的焦虑症提出的建议也是把运动当药。"运动对你有百利而无一害。针对焦虑症,我给你开任何药都是有利有弊的,无非也就是在权衡利弊,但是运动对你来说只有好处。"很快，相悖的事情出现了，对不喜欢运动的我来说，运动会加剧我的心理压力，这是一个很明显的弊端。

医生说，不要请私教，也不要去健身房，不要给自己任何"我要开始运动了"的心理暗示，此类心理暗示才是压力的来源。不要强迫自己每天运动多长时间，不要时刻想着做三十分钟有氧运动才能燃烧脂肪，这都不是最重要的。抛开那些数据，抛开减肥这件事情，纯粹为了健康着想。重要的是让自己无压力地开始培养一个良好的运动习惯，哪怕每天走路十分钟也是可以的。

再结合我的老师说过的，要把运动当成兴趣去开始，两者不谋而合。

但凡你坚持不下去的运动，都是对自己造成压力的运动。事实上，**运动是能给人制造快乐的，怎样从运动中获得快乐才是最重要的。** 人都是有趋利性的，大家都更喜欢快乐的事情，如果能从中获得快乐，怎么会有坚持不下去的想法呢？一旦你认为自己在"坚持"运动，这就给自己造成了压力。当你的潜意识告诉自己"坚持"的时候，这件事情就被赋予了很高的难度。

*

思前想后，只有在游泳的时候，我是完全放松下来的。

　　二〇二〇年春节期间，我和家人一起去云南旅游，住在昆明。由于是家庭出行，我带着孩子和老人，而三位老人的年龄加起来甚至超过了两百一十岁，安全起见，我们基本没出酒店。但是我精力很充沛，所以每天都在酒店游泳，每天游两个小时，非常快乐。这时候，我觉得有大把的时间，做自己喜欢做的事情。

　　原来我还是有喜爱的运动的嘛！

　　我开始反思自己，为什么在北京的时候不能坚持游泳呢？因为没有时间！我不可能在下班后去游泳，就算早上去游泳，我也根本挤不出来三个小时。游泳是很占用时间的，至少对时间紧迫的我来说，这是一项奢侈的运动。

　　除了游泳，皮划艇也是家庭出游时我们经常选择的项目，划到水面之后，我们四散开来，各自"霸占"着一方水域，保持自己相对独立的空间。孩子们在闹腾，我则会拿出带来的喜欢的书，享受悠闲轻松的时光。这当然也是一种在时间上非常奢侈的运动。

　　今年疫情严重，也没有办法经常外出。于是，我购置了划船机和椭圆仪放在办公室，相当于拥有了一个小健身房。

　　刚开始运动的时候，是需要被带动的。我就和我们公关的小伙伴一起运动。最开始我们俩是半小时起步，划船机十五分钟，椭圆仪十五分钟，慢慢发展成了四十五分钟。后来觉得聊天不太好，会分散注意力，但是一个人又觉得很无聊。因为运动很枯燥，很多人就放弃了。

后来又开始练椭圆仪，一次六十分钟，体能是完全没有问题的。逐渐加快速度，从开始的气喘吁吁到逐渐掌握节奏，这真的变成了很轻松的事情。**能坚持运动，其实是有掌控力的体现，能够掌控自己的身体，能够支配自己的肌肉，能够安排自己体能的释放。当你的身体状态不佳时，能够掌控的状态就是躺着。运动能力就是对自己身体的掌控能力。**

但是有时候脑力很崩溃，因为无法在六十分钟里一直保持专注，大脑其实还是在不停想东西。有时候可能想到了某一件事情，觉得应该马上就去做，身体被限制在椭圆仪上，思绪却已经飞到了九霄云外，这是非常痛苦的。

虽然六十分钟有些长，但是我设定了目标，就不太想打破。于是，我就发朋友圈，想看看大家是怎么坚持的。结果发现大家要么坚持不下来，要么坚持得很艰难，这其中也不乏一些健身达人。所以后来我就干脆让自己的大脑放空，不光处于静态时可以冥想，稍微剧烈一点的运动中的放空，对人体的好处也绝不亚于静态冥想。

村上春树从开始自己的职业作家生涯之时，就同时开始了长跑。在《当我谈跑步时，我谈些什么》里，看着他从夏威夷的考爱岛到马萨诸塞的剑桥，再到希腊马拉松长跑古道、神奈川县海岸的某座城市，奔跑在全世界的路上。他写道："希望一人独处的念头，始终不变地存于心中。所以一天跑一小时，来确保只属于自己的沉默的时间，对我的精神健康来说，成了具有重要意义的功课。至少在跑步时不需要和任何人交谈，不必听任何人说话，只需眺望周围的风光，凝视自己便可。这是任何东西都无法替代的宝贵时刻。"

我认识的很多中年人也在跑马拉松，其实跑步的过程中，有的人就在冥想。运动的过程中，积年累月的重复运动形成了肌肉记忆，不需要耗费过多的精力去关注动作有没有做对，所以显得有些枯燥，这是很多人在初期没有坚持下去的原因。一旦坚持形成了习惯，身体就是既是自由的又是禁锢的那种状态，大脑就完全解放了。思绪在飘荡，能在这个无意识的过程中思考很多事情，这种完全的放空，不需要和任何人对话，面对的是自己，听自己的心跳，感受自己的呼吸，感受脉搏的跳动，是真正自己和自己交流的最佳时刻。

现在我已经在享受各种运动带来的乐趣了，运动不需要太多经济成本，需要的主要是时间成本。有一张瑜伽垫就可以完成很多动作，有一双跑鞋就可以拥有整个公园。**人啊，有时候真的很奇怪，一边说着时间不够用，一边又用大把的时间去做无意义**

的事情。当运动的目的变成了和自己相处，一切都会变得容易很多。

如果需要总结，那这个方法应该可以叫作运动筛检法。我是一个毫无运动细胞的人，从运动中找到乐趣并不容易，但是现在我做到了。你也可以列出所有会做的运动，再挑出一到两项你最为喜欢的，以自己最喜欢的频率去运动就可以了。

运动会给人很多独处的时间。不需要很费力就能坚持，享受运动这件事就会变得容易。长此以往，这种独处也会成为任何东西都无法替代的宝贵时刻。

▶ 破除信息茧房，
找回节奏感

不再一切都遵循实用主义，留一些闲暇，把时间花费在美好的
事物上，当然也可以是食物，怎么样都不算虚度。

疫情暴发之后，人们都大门不出二门不迈，尽可能地窝在家
里，毕竟不出门就是不给国家添堵。外卖也暂停了，我就开始自
己做饭。

这种不出门的生活并没有让我焦虑，足不出户这件事情，似
乎反而成了断舍离的关键。所有的社交活动被取消，不用去公司
了，很多会议也都被取消了，而因为少了应酬和出门的机会，自
然也就不需要买衣服了。人与人的联系也没有经常见面时密切
了，不需要常跟人联络。

人们通过手机了解外面的世界，自己与外界实实在在的接触
完全消失。离开了群体，生活也会发生很多变化，所有的情感和
精力都放在方寸之间的家中。日复一日在相同的空间当中面对相

同的人，似乎有些枯燥和无聊，很多人心理状态恶化也是这种情况导致的。但是与身在疫区的家庭相比，能面对平淡重复的方寸天地和时光，又是十分奢侈的幸福。

无论抱着怎样的心情去面对，大家都回归到了最原始也最为本质的生活状态：吃饭、运动、工作以及与家人相处。吃饭是为了给身体蓄能，保证最基本的能量需求。运动包括了人在家所有的物理移动，在生活如常的时候，可能是在户外跑步，而在疫情期间，从卧室走到厨房，从拖地到擦桌子，都是我们的物理移动。

工作是个体和世界联结的最佳途径，与家人相处是人际关系中最质朴的情感联结。一切都变得特别简单，没有各种考量，可以说这是断舍离的一种极致。

*

很多人都说，疫情期间，大家的厨艺肉眼可见地呈指数级增长，解锁了不少新技能。这时候我发现，之前减肥路上还有一个拦路虎，就是外卖。

提到外卖，可能近几年大众想起的更多是骑手面临的困境，但消费者又何尝不是同样陷入这算法的怪圈之中。这更像是一种智能的陷阱，看似算法在为每一个人服务，实际上人却变成了算法当中的一环，直到层层环绕，人们把自己关进了一个信息茧房当中，因为一切尽在系统的掌控之中。外卖可以让我们在饥饿感到达顶峰的时候，不计成本、不考虑热量地大吃一顿。同时，外卖平台现在也经常有很多满减活动，很容易让人在不知不觉中买得越来越多，好吃的外卖又都是高碳水化合物、高热量、多油、多盐的。

外卖这项服务，看起来是非常符合当下人们的生活节奏的，很快捷，看起来也是很健康的。有一段时间，我认为在家中完全没必要开火，并且特别推崇点外卖，因为可以同时点三个商家的外卖，凑成一桌就是刚刚好的丰盛午饭，免去了收收捡捡的麻烦，也节省出更多的时间，留给更需要精力去处理的事情。

现在想想，在点外卖这件事上，人像是被安排进了一个工业世界。定时定点的推送广告提醒着人们该吃饭了，这些按时弹出的广告，很粗鲁地打断了人的思考：根据平时的点餐习惯形成了个性化推送，吃什么都被外卖 App 牵引着，一个庞大的系统囊括了我们的喜好、吃饭时间、用餐习惯。比如我很爱吃粉，包括酸辣粉、长沙米粉、桂林米粉等各地米粉，一旦我点了一两次之后，各种外卖 App 每天都会给我推送这类餐食，不断推送的广告强化了我的想法，我不知不觉就会去点，越点越多。

外卖是商业化的一个大闭环。点击率和转化率高的商家，排名就会靠前，毕竟平台是要以利益为生的。那么，转化率好的原因是什么？我们浏览过或者购买过的同类型产品，会不停出现在手机各类 App 中。习惯是可怕的，人总是容易习惯性地消费，而商家敏锐地捕捉到了需求。在视觉上，外卖所呈现出的图片也是能让我们满足的，这些食物不一定健康，大部分是油腻、高碳水化合物、高糖、高脂肪的。我们会浏览或购买的商品，都是我们曾经购买过的，如此循环，我们还会不停地为那些不健康的食物买单。

这是一个多么可怕的工业和商业世界的闭环！人们看似自己在做选择，其实一直在被动做着选择，人的选择是一个被支配和引导着的无意识动作。人，变成了这个环节中最不需要动脑子的那一部分，因为商业广告是顺着人们的意愿呈现在面前的，大家就会顺着广告去强化自己的味觉选择。

有一部纪录片讲到，为什么进入食品工业以来，东西越做越甜、越来越咸，口味越来越重，油脂越来越多？为什么我们发明反式脂肪之后，哪怕越来越多的人知道这是不健康的食品添加剂，它却依旧在食品中被广泛应用？这都是因为在工业和商业的闭环中，利益至上，人变成了其中渺小的一项。无论是消费者、外卖骑手还是商家，都被催促、追赶着去完成各自接收到的指令，根本就停不下来，当然也可能只是没有让自己停下来的意识。被困在系统中的，是普罗大众中的每一个人。

　　既然做消费品这个行业，我就要求自己必须跳出来，站在更高的角度去看待这件事情。如果自己都变成了在"被迫选择"的闭环中出不来的人，自己都被绑在那里，就更谈不上帮助别人把生活过得更好了。我们要时刻警惕，确保我们的商品不会成为和外卖同质的商品。商品永远是在为人服务的。

＊

　　现实摆在眼前，绝大部分的人还是要通过吃来找到快乐的，那种快乐来得直接并且快速。但快乐的来源并非只有"吃"这件事。

　　前面提到，疫情期间，在家做的吃饭、运动、工作和与家人相处这四件事情，其实是人最本质的需求。一是吃饭，满足人最基本的生存需求；二是运动，能记录下一天的生活轨迹；三是工作，让我们获得在社会中的存在感从而寻求到意义；四是与家人相处，陪伴家人赋予我们情感上的依托。这四件事情都可以变成快乐的来源。

　　那为什么人们如此在意并且不经意间就放大了"吃"的快乐呢？

因为工作可能是成功的，也可能是失败的，至少成功没有那么容易，也许做了很多依旧没有存在感和价值感。由此可见，工作所赋予的社会意义不容易获得。大多数时候我们是家人的依靠，没有被情感绑架就很值得庆幸了，把情感成功寄托在别人身上，从而获得幸福，这本身就是不成熟的想法，基本上也是难度非常大的，所以情感的意义也不容易获得。运动的意义又被工作的意义撕扯着，每天两点一线是非常稳固的生活轨迹，很难找到一个可以自由栖息的地方（比如出去旅游度假才比较容易感受到快乐，这就是因为挣脱了原有的生活轨迹），所以运动的意义也不容易获得。

最后的结论就是，只有在"吃"这件事情上最容易找到快乐。这不仅是最高效的方式，同时还有一整套商业模式来迎合满足人对"吃"的需求。

但实际上，回归到生活，至少除了"吃"以外，还有三件事都是能让你快乐的。那为什么你一定要在一件事情上找快乐呢？尽可能地把满足感的外延拓展得更加广泛，可以是发现和培养更多兴趣，也可以是把注意力放在工作或者家人身上，还可以是练习可习得、能在规定的时间带来成就感的技能。

现在我变得很喜欢做菜，很热爱生活，喜欢搞些有的没的，不再一切都遵循实用主义，**留一些闲暇，把时间花费在美好的事**

物上，当然也可以是食物，怎么样都不算虚度。其实最治愈人的不是诗和远方，而是你家楼下的菜市场。

如果生活被迫暂停，就好好享受这难得的闲暇；如果生活的巨轮滚滚向前，就在前进的缝隙中找一个可以喘气的机会，关注并满足自己的需求，这样才能让快乐来得容易一些。每个人都有自己的小爱好或者小追求，能让你开心就是最大的价值所在。及时行乐，不要错过让你觉得快乐的事物。

在马斯洛需求层次理论里，当最底层的生理需求被满足之后，你可以在更高层去找快乐，而不是一直把精力放在夯实金字塔底部上。

一个人在很有安全感的时候，不需要获得那么多热量。拼命获得热量，其实可能是内心空虚的体现。

我也并不是在很极端地倡导大家都卸载外卖 App，毕竟如果真的想分手，也不用拉黑。不一定非要采取卸载 App 这种方式，可以慢慢告别，努力养成健康的饮食习惯。如果你以前可能被卷入一个被当成小白鼠训练的怪圈，现在既然知道了，就不要再参与这场游戏了。

● 不要逃避情绪，
拥抱简单的快乐

不必盲目地为了追求快乐而寻找，每个人的意义都在自己脚下。

在减肥的过程中，除了重新找回对生活节奏的掌控感，还会获得很多快乐。当减肥有了一定的成果，你会发现每天早上称体重就是一件非常开心的事情。因为知道每天早上要迎接这件事情，我就可以醒得更早了。你看，这是一个非常良性的循环。等到一个月瘦下来十斤了，看到记录的软件上，曲线在下降，成就感是不言而喻的。

同时，为自己创造快乐也是一种心理暗示，而心理暗示法也是减肥的一个小妙招。我在最胖的时候，穿衣的尺码到了XXXXL。我有一件很喜欢的米色连衣裙，在逐渐变瘦的过程中，我就一个号一个号地买下来，从 XXXXL、XXXL、XXL、XL、L，一直到现在的 M 码。看着五六件一模一样的裙子摆在衣柜里，我会感到很受激励，想要继续保持健康生活。把这些衣服存在衣柜里，偶尔打开看看这些战利品，感觉比存钱还要开心。你可以尝试这种方法，让衣服去见证你的蜕变。

每天有一些让自己快乐的事是很难的。比如工作了一天，回想今天有什么让自己快乐的事吗？你可能会答不上来。但今天有什么麻烦的事让你焦虑吗？可能想到待解决的事情会更加头疼。所以当晚上有人问你"你今天开心吗？"，你可能都不想说话，懒得搭理。但是早上一个很简单的体重变化就能让你开心，早餐也能让你开心，这么触手可及的快乐我们为什么不去拥抱呢？

"快乐"这个词，不同人说起来，心境是不一样的。这里是指有意义的快乐，找到人生的意义，看到自己成为能量体的可能性和方法。就好比，看到了月亮，不用摸到月亮，但知道自己身边都是月光，对我来说，就是快乐的。

*

有的人可能觉得今天晚上喝顿大酒是快乐的，有的人薪资翻了一番才能感到快乐，有的人觉得工作中得到重视是快乐的，每个人对快乐的定义不一样。

最近让我最开心的一件事，是公司的小伙伴策划拍摄的一个摆地摊的视频，在短视频平台有近四千万播放量。为什么呢？第一，这验证了我们做消费品的从业者对潮流有着敏锐的触角。能捕捉到社会潮流，说明我们是有足够的脑力和感知力的。第二，团队的执行力很强。早晨大家一起围绕着这个主意做头脑风暴，晚上直接拍，通宵剪出成片，我们的团队非常有行动力。因为有的时候你人生很自洽，觉得自己很棒，自己的策略也很棒，但是周围没有人帮你，你也会觉得很痛苦。而我们则是整个团队都很棒。第三，这个视频得到了很多观众的认可，也得到了很好的社会反响。

不必盲目地为了追求快乐而寻找，每个人的意义都在自己脚下。

如果你觉得轻松是一种快乐，那就别为太多的事情担忧。如果你觉得工作中的价值能让你开心，那就努力去工作。如果你觉得和家人在一起更加重要，那就多多陪伴。

快乐是在前进的选择中产生的，当你坚定了自己想要追寻的意义，那么在追寻的途中，每一项小小的成就都足以让你满足。

*

说到底，快乐只是万千情绪当中的一种，对情绪，不要浪

费，也不要积压。

有的人认为，情绪要越平缓越好。我先生就是其中一位，他看我情绪总有起伏，觉得很辛苦。在他眼中，人在情绪起伏的时候，整体状态都会有波动，这对身体是一种消耗和伤害。如果一个人不够成熟，过多的情绪波动也会给别人带来影响。很多CEO（首席执行官）也告诉我，要有比较稳定的情绪才能维持好的状态。

人要善于发现自己的特质。**有的人就是情绪平缓没起伏，有的人就是容易情绪炸裂。**

年龄增长的好处在于，情绪也会趋于平稳，因为有了化解问题和糟糕情绪的能力，这种能力是随着年龄的增长而增长的。情绪平稳的好处在于，大脑永远是理性的，需要做决定的时候，判断不会因为情绪的变化而有很大差异。但是如果每一个人、每一天、每一刻都是这种状态，这个世界还有什么意思呢？岂不是变得非常无趣？作为一个成年人，要善于接受自己有起起伏伏，无论是情绪还是其他方面。

有时候会很担心自己太快乐。开心反而会使人害怕，情绪太高涨也会不安，这种感觉是很痛苦的。情绪低落的时候，反而会觉得心安。因为在情绪低落、很沮丧的时候，会深思熟虑之后再去做一个决定。然而，在情绪很高涨的时候，会有很大的担忧，担心自己因聊得太开心而一时脑热给出很高的报价，或者因为广告公司做了一个让我很开心的提案，而一下子几千万拍出去了。

在这方面，我不是没有做过错误的决定。因此，作为企业的领导者，看着自己走过的路，反思自己，想起那些不正确的决定，我会觉得愧疚。我们每误判一次，都会给公司带来不好的影响，或许是效率的浪费，也可能是金钱的亏损。所以我们必须要求自己的角色是严谨的，这样做出的决策才会越来越准确。

什么会影响决策的准确性呢？情绪、人际关系、感情都会产生或多或少的影响，以至现在如果有人通过托关系来找我谈商业合作，我一般都会躲一下。一旦我知道这个关系真的能影响到我，我就会继续躲。为了让决策更精准，我们需要把所有这些影响决策精准度的东西都扔掉。

*

但是不可能扔掉所有的情绪，你所能做的，是让自己善于利用每一种情绪。一个人在情绪高涨的时候，是最富有才华、创造力、感染力和洞察力的，也是最迷人的。在这种情绪下，人是能感染别人的。

二〇二〇年，中高管团队开过去半年工作的总结会，接近尾声的时候，公司的CFO（首席财务官）请我给大家打气。我没有准备演讲稿，受当时的氛围感染，我在情绪很高涨的状态下完全脱稿给大家打气。在那一刻，我相信同事们看到，我的眼睛是会发光的。

所以情绪高涨的时候，你就去做情绪高涨的时候该做的事情，情绪低落的时候，你就安然度过情绪低落的时候。**人要学会和自己起起伏伏的情绪共处，不要害怕。**一旦产生了恐惧，我们就会浪费更多的精力来化解恐惧的心理。换句话说，**骑马的时候，当马儿开始飞奔，速度加快起来，可以享受速度带来的快感、疾风飞驰而过的快乐，却没必要一直很紧张地死死拉紧缰绳。如果缰绳拉得太紧，身体反而会产生更加剧烈的波动。**

我相信，开心的时候笑，伤心的时候哭，这些都是美的。

*

当然，人总会有一些情绪低落的时刻，但是有很多化解的办法。你可以选择在这个低落的时刻是和别人共处还是独处，如果和别人共处，你可以选择找谁来陪自己度过这段时间。这有很多标准和策略。

比如我会分析一下，当下遇到的问题，是自己就可以化解的，还是必须要和别人讨论才能解决的。如果是有解的，就坦然接受低落的情绪，听一些悲伤的音乐，闭眼想一些悲伤的事情，在这个过程中放松自己。如果是无解的，自己绕不开这个情绪，可能就需要和别人聊聊天。

化解情绪的方法中，不包括共享情绪。

我先生是一个情绪一条线的人，他的情绪从来不会起伏。而我是个情绪容易起伏的人，所以我处于情绪低谷的时候，有时会影响到他。但是后来我觉得我不应该让自己的情绪影响到他。

大部分情绪易起伏的人，复原能力也很强。有一种情况就是，我在低谷的时候，如果把他也拽下来，我能很快复原，但是他就需要很久才能恢复，甚至不仅不能恢复正常，还会下落到我都没有预测到的底部。

于是我就决定，以后还是各自处理各自的情绪。大家不要共享情绪，情绪是非常私人化的产物。人要对别人负责，在我看来，不仅悲伤的情绪，快乐的情绪也未必一定要共享。共享这件事很难。你有情绪很高涨的时候，你要跟别人共享快乐，却发现别人的情绪根本拉不起来，这时唯一的结果就是，自己的快乐也被减半了。**情绪是个很私人的东西。每个人情绪的兴奋点和失落点不一样，阈值也不一样。如果快乐的分值达到了九十分，却因为与别人分享时没有得到共鸣而一下子被拉到了六十分，这难道不是一件得不偿失的事情吗？**

但是情绪失落的时候，不要遮掩，掩藏情绪不是你的义务。

悲伤的时候，我就是一个悲伤的表现。不需要任何人来安慰我，也不需要坐下来谈一谈或者任何人来救赎我，每个人都有自己的方法可以化解。如果别人愿意搭把手，我会感激，并且不挑剔他搭把手的方法是否真的是合适、恰当的。

*

有一句话叫"逃避虽可耻但是有用"，我不这么认为。不要逃避自己的情绪，积压是一个非常不好的习惯，这很可能会造成更大的爆发。

有的人觉得停顿一段时间，彻底地休个假，就能把烦恼抛之脑后。对我而言，如果对放假的定义是把事情彻底地扔下不管，那么我从来没有放过假。但是如果说，放假是心情上有一个小的休息，从工作中跳脱出来，想一想工作以外的事情，那我每天都在放假。每天早上都是一次休息。我不会把自己日常生活中的糟糕情绪积攒到不经历一次泄洪就会决堤的地步。只需要一次小小的休息就能重新激活自己。

就像我们平时用手机，完全不用等到彻底没电才开始充电。于人而言也是一样的，随时给自己充电，去拥抱简单的快乐。

第三章

与改变共处

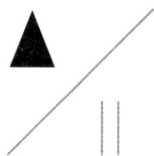

减肥是适应的过程，
　　打破旧的藩篱，
　　　　建立新的秩序。

▶ 做不焦虑的 能量体

做那个不焦虑的女老板，无论是我，还是蜜芽，都是被爱与快乐驱动着一步步向前的。

减肥的那段时间，同事们发现我来得越来越早了。

会议时间慢慢提前到十点。以前加班比较频繁，晚上九点紧急召开一个会议是很正常的事情，有人就拎着盒饭进会议室。会议从晚上九点开到十一点。后来想想，有什么会议一定要在深夜九点、十一点开呢？无非就是焦虑，会临时部署一些"术"的层面的事。比如说，今天一定要确定某件事情，明天一定要开始另一件事情。

就像紧张着急地临时决定开始减肥，这次减肥就注定要失败一样，公司的事情也是同样的道理。把很多事情想明白之后再出手，出手的时候稳一点、准一点，反而会事半功倍。

老板是否处于焦虑状态，员工是能感受到的。有些时候，商业界和资本界在妖魔化老板的形象。比如说，有人就认为只有偏执狂才能成功，而好的老板更是超级偏执的，必须要对自己、对别人都要求非常严苛，他需要每一天都焦虑，好像不焦虑就不知道公司的问题。在这种既定模式下，大家固化了对老板的印象，觉得如果一个老板的幸福感很强，那么这个老板就是有问题的。长期以来，我认为我的焦虑、不安、敏感都是正常的，是一个老板必须要有的心理常态。现在想来，这不对。

当我获得了幸福感，当我拥有了一个完美的早晨，当我元气满满的时候，我开始反思：**为什么不能做用快乐来驱动自己的人，而非要用焦虑不安的负面情绪来驱动自己呢？而对蜜芽这家公司而言，是用焦虑和不安能更好地驱动它前进，还是用爱与快乐能更好地驱动它呢？答案不言自明。**

*

大多数时候，男性企业家的商业法则，是用"不满足"来驱动。很多男性企业家认为"赢"才是关键，可能今年赚了十个亿，但还是不满足。他们更想去做阿尔法[1]：我是不是行业第一？是不

---

[1] 希腊文的第一个字母，意思是第一。

是全球富豪榜前几名？如果不是，那就不能停下，就要焦虑就要折腾。很多男性会有这种思维。

恰恰相反，很多女性企业家对"赢得世界"这件事情没有那么大兴趣。商业战争是温柔的女性创业者基因里本来没有的东西，女性创业者不好战，也绝对不会主动挑起战争。但当别人来挑起商业战争的时候，她就变成了非洲大草原上的狮子，但凡孩子被人攻击了，立马奓起身上的所有毛发去反击。这才是女人真正善战的地方。

女人善战是因为有爱的人，有爱的东西，有她小小的珍贵梦想。她守，她不攻击，不意味着她好欺负，也不意味着她容易被打倒。你不知道的是，女人最具攻击性的部分，恰恰是她最柔软的部分，她深爱的部分。爱是她的软肋，也是她强大的盔甲。所以，**千万别跟有软肋、有爱的女人去斗，因为看似柔弱的她们，绝对会因所爱的人或物赌上一切，以死相搏。**

相比商业战争，她们更在乎把自己想做的事情做成，做到自己想要的标准。但这个标准对应了多少世俗意义上的成功，那是世俗的事。当然，也可以跳到世俗的标准上来衡量：我把这件事情做成了，大概对应一个多少亿美元估值的公司。但是在做事的过程中，我会忘掉这个估值。

蜜芽这家公司，它永远不会是男老板管理下的那种"不满足""不甘心""证明""狼性"的公司，它没有这样的气质，不上市就解释了这一切。它代表的是一个女性气质的世界。我想要我的孩子、家人更好地生活在这个世界上，想帮助很多妈妈，给她们的孩子、家人更好的生活。这是一个用爱和温暖驱动的公司。可能最后从世俗的角度讲，它不一定比很多男性企业家管理的公司小，因为爱的力量是很大的。既然决定用爱来驱动这家公司，那我为什么要做一个焦虑的老板？

我现在跟自己和解了。以前我觉得，怎么能快乐呢？对老板来说，快乐是一种很奢侈的东西。快乐之后，会有更多的不安袭来。怎么能这么享受快乐这件事，是不是太不思进取了？如果过于快乐了，就一定有问题。

这是自观的结果，是一件需要自己想明白的事情。面对自己想不明白的问题，就需要去照镜子，也就是去看跟自己处境相同的人是如何理解这件事情的。

前段时间我和湖畔大学的同学们聚会，从晚上六七点聊到十二点多，席间没有一句话在聊应该怎么把公司做得更好，或者彼此之间可能有什么合作，聊的就是人生最终要追求什么。聊人生的意义，聊非常形而上的问题，这就是在彼此照镜子。为什么大家愿意聊那么久，就是因为在照镜子的过程中能发现，原来别人把某些事情看得这么重，而自己在这方面是如此克制，或者发现自己在某些方面多虑了。这种矫正是一种很好的"术"。

　　要开心，要做温暖的人，做一个能量体，而不是焦虑体。这是我用了很长时间才找到的与自己和解的新方法。

*

　　有一个知名的全球风投基金，其创始人以投资风格犀利著称：动作快、开价高、眼光准。我们现在能看到的很多"独角兽公司"[1]，都是他的投资作品。他风格鲜明独特，甚至曾经在自己的公司价值大幅度缩水的时候，缩减了百分之八十的奖金开支，并且只给自己开一美元的薪水。

　　在创投圈里，很多人称他为赌徒。他从来不设立办公地点，团队也非常精简，有人戏称他们是七八个人组成的霸道总裁天团，看准了哪个团队就立马飞过去，简直就像是送财天使。他们也直言：更喜欢有利可图的公司。

　　两年前，我约这家风投基金的创始人在国贸旁边的一家酒店喝了个下午茶。

　　我和他聊了我们的商业模式，他也表示很欣赏我们。我跟他

---

　　[1] 成立时间不长但估值超过十亿美元的公司。

的印度同事早先在香港讨论投资，其实都谈得差不多了。

他最后问了我一个问题："你觉得你的婚姻是什么样的？你感觉到幸福吗？"

我说我觉得还不错。"我们是不同的人，但是我们能够和谐共处。"

他摇了摇头说："能够成就伟大 CEO 的，一定是一段不幸的婚姻。"

我反问他："你希望你投资的公司的 CEO 都是离过婚的，这样才能让你感觉这个人的公司更加值得投资吗？"

他的答案是否定的。"不，但是我要看到他们的痛苦，看到他们在情感上、家庭上的痛苦、不甘心和受的折磨。"在他的观念里，只有苦难才能成就伟大的企业，痛苦才能成就伟大的企业家。

当时我就想，这样的苦难并不是适合每一个人的，至少对我们来说，爱与被爱所带来的力量，远比那些痛苦更有说服力，也更能让我们前进。

最后，我们没有选择这家基金作为我们的投资人。

回过头来看看，为什么我们的股东都能够这么支持我？除了市场前景，我相信他们也在爱和幸福中感受到了力量。这个世界可能并不缺少一家由焦虑驱动的公司，世上还有很多别的可能性。那就由我们来做那家由爱和温暖驱动的公司，反正又没想做到最大，做到活得不错，这个目标还是可以达到的。

*

也许有人会问："现在你们公司员工的幸福度也是非常高的吗？"这我其实不太确定。为每一个人的幸福负责，我是做不到的，这件事难度很大。

但当你推己及人，往外散发能量的时候，至少一定能感染到你的家人、身边的人以及和你有情感联系的人。要增加能量散发的半径。比如说对我的员工、用户，我能负责两点：第一，让他们做的事情是有社会价值的，是能够让他们骄傲的；第二，通过蜜芽，能够提高经济收入。当然，每个人还需要自己去想明白人生的道理，做到自洽。但是前面提到的两点，是能够通过与蜜芽联结获得的。

我还希望我的员工能够经常加薪。我在蜜芽设置了每年两次的调薪期，希望每个愿意拼搏的年轻人，都能获得更好的报酬。员工如果都没有得到相对较好的物质保障，又如何谈爱呢？

原来上《奇葩说》的时候，有一期辩题叫"和老板打游戏，要不要放水"。记得肖骁当时就说："老板你知道我们压力大，你涨工资呀！他不涨工资，开个运动会，把我们糊弄了。"员工的想法很简单，他们并不希望老板用家庭感来维护公司的秩序，要职场感强一点。高效、准确地完成职场任务，就是共同做有价值、有社会意义的事情，然后拿出成果，让公司利润增长，同时员工也能有更好的回报。

一个公司把成本花在哪儿了，是花在装饰办公室上，还是花在产品上，抑或是花在了员工身上，每一个员工都是能切身感受到的。一个老板选择把金钱、时间、情感放在某个地方，就必然会导致一个结果，这个结果是由最初的选择决定的。

但当处在焦虑的状态下，老板就很可能会做错选择。

比如，二〇二〇年这疫情导致经济这么差，有的老板可能会焦虑：怎么才能给员工涨薪？难道让全体高管带头降薪吗？这肯定不是好方法，但现实中却有人这么做了。

其实焦虑的情绪传递出去，员工也好，家人也好，用户也好，都是能感受到的。我想，大部分人应该都更愿意和一个有正面导向作用的人在一起吧。**没有人希望从别人那里得到焦虑，因为在当下，不用传递焦虑，每个人本身都有或多或少的焦虑。而**我要做的，是帮他们解决问题、减轻焦虑。

一个企业的领导者是怎样的人，直接影响到整个企业的基调。我选择做那个不焦虑的女老板，无论是我，还是蜜芽，都是被爱与快乐驱动着一步步向前的。

　　当初因为爱孩子而创立了蜜芽，我热爱这份工作，工作到忘记自己，过程中我产生过自我怀疑，但我一直笃定的是，蜜芽这家公司，是由爱和快乐来驱动的。所以现在，回归到自我本身，我希望自己做一个温暖和快乐的企业家，带领这家公司继续前行。

▶ 看到浪漫中的
   现实

每一个人都希望被救赎、被爱，我们都希望自己拥有好运气，如果没有，我就做那个努力的人，哪怕不是一直光鲜亮丽。自爱拥有神奇的力量。

二〇二〇年上半年很多时候，我大脑运转得非常快，语速很快，说话量很多，想的事情也非常多。双心门诊的医生诊断这是轻躁狂，但是他告诉我，不用害怕，因为轻躁狂的时候，是一个人最才华横溢、最能够成就事业的时候。轻躁狂是有可能转变成躁狂的，躁狂就是一种病态了，但轻躁狂却能让人富有生产力，两者的区别在于"别人是否认为你过分了"。在确认了症状之后，我利用这段时间为我们所有的品牌想上层建筑。处于轻躁狂状态的时候，是一个企业家最像艺术家的时候。我在脑中构建了非常多的东西，比如我们的品牌。

其中大家最为熟知的"兔头妈妈甄选"，曾经是蜜芽渠道上的一个自有平台。但我们要做一个真正的全网品牌，"兔头妈妈甄选"就有了一定的局限性，不再适合了。

在大家的认知里，刘楠就是兔头妈妈，然而兔头妈妈却不再只是一个个体而已，而是一整个团队。当我的能量不断扩大时，我带着更多的人来帮年轻妈妈建立品质生活。

作为兔头妈妈，当初我是为了给自己的孩子选择好东西才开始创业的，岁月渐长，我的孩子也从当初那个小婴儿变成了小姑娘。

时间赋予我们更多的能量，也让我们承担更多的责任。我们希望这个品牌被更多的人认识，不仅仅是兔头妈妈，还有更多的年轻妈妈。

我希望给予它一个全新的品牌名，但是又希望新的品牌名跟"兔头妈妈甄选"有逻辑上的连贯性，于是取名叫 Mom（妈妈）Pick（挑选）。Pick 这个词在近几年很火，pick 小姐姐，pick 喜欢的人或物，这本身就表达了一种自我选择的态度。Mom Pick 就是妈妈要去 pick 的东西，也就是"妈妈甄选"的延续，同时 Mom Pick 也是一个年轻、可爱、全网化的品牌名。

公司各个品牌的名称，都是在某些特定的时刻闪现在我脑中的灵感，而不是出自策划公司或者广告公司。

我相信，作为蜜芽的创始人，因为来时的初衷，我比任何人都更理解它的基因是什么。作为母亲、女儿，我更能理解女性。

＊

现在很多母婴品牌的广告，还是在暗黄的灯光下，米色柔和的色调中，一个长发飘飘、身材迷人的母亲穿着开衫，坐在米黄色的沙发上，露出柔和温暖的微笑。这一切都在营造一种美到缥缈的温馨画面，给大家传达这样的理念——当妈妈可以很体面、很美丽地照顾孩子。

这其实对女性来说，会造成很大的心理暗示，带来一种无名的压力：**如果我没有广告中这么美好，你还会爱我吗？**

"母亲"这个词向来被赋予了无限多的脉脉温情，被"伟大""无私""牺牲"这样的形容词绑架了很多年。在各种概念的强化下，这似乎成了既定事实。浪漫是虚无缥缈的事情，真实的状态是什么样的呢？

事实上，很多妈妈感到难过就是因为，生育了孩子之后，过的并不是广告中的生活。现实中，孩子并不是广告中安然入睡的模样，更多的情况是孩子哭闹着难以入睡。妈妈在崩溃的边缘挣扎坚持，劳累和睡眠不足都是常态，每天机械化地重复劳作，昼夜颠倒、黑白不分，喂奶、换尿布、堵奶涨奶、哄孩子睡觉，无限循环下去，这才是真实普遍的育儿生活。

然而，所有商家也好，社会公众也好，根本不在乎真实的情况。人们脑海中留下了广告中的刻板画面：孩子安然入睡。广告传递着信息：你用了它的产品，孩子安然入睡。没有人在乎，有多少妈妈根本就搞不定"孩子安然入睡"这件事情。

这让那些陷入重复机械劳作的母亲变得更加痛苦、更加孤立无援。她们无处诉说，也无法排解，因为广告商这样植入概念，仿佛在不断质疑反问：为什么别人都能如此美好，你却不能呢？而"过来人"会告诉你，这是一种常态，没什么大不了的，每一个女人都要经过这一遭的，过了就好了。可是没有一个人能告诉你，究竟应该怎么度过。所有人的注意力都集中在宝宝身上，几乎没人能真正关注产后妈妈的心态。大家都在举着"为母则刚"的大旗摇旗呐喊，却忘了妈妈不仅仅是妈妈，也是她自己。

所以"产后抑郁"这个词近些年逐渐进入大众的视野，那些焦灼和崩溃，不是无理取闹，更不是矫情，而是生理和心理都达到极限之后发出的预警。莫名其妙地流眼泪，越来越情绪化，甚至这种状态变成了常态，原因很多。面对无数的未知，那种焦灼和恐慌被时间刻画得明明白白，而一些肉眼可见的变化，也随时会变成压死骆驼的最后一根稻草。生产之后的身体不如以前漂亮，身体里有了不可逆的损伤，如果稍加关注，就能看到很多女性生完孩子之后骨盆变化巨大。在身材上，大家心中的理想状态，是皇室王妃生产完立马穿着高跟鞋光鲜亮丽地出现，女明星生孩子就跟过家家一样，轻松"卸货"，一个月恢复身材。大家却没有看到她们为了迅速恢复身材而在背后付出的常人想象不到的辛苦，以及普通人无法支付的育儿成本。

妈妈们带起孩子大都是狼狈的模样，一点不光鲜，甚至是丑陋的、庸俗的。

所有电视剧里，生孩子都是在单间，医生会仔细地呵护、嘘寒问暖，然后母亲痛苦一两下，孩子就出来了。而现实中呢？有多少人知道，一位女性在生产的时候，可能连基本的隐私权都没有？大部分公立医院床位紧张，待产的时候是没有床位的，很可能只有走廊上的推床能让孕妇躺下，人来人往中，医生和护士要检查开宫口。这些话题其实在网络上都能搜到。

现行阶段，公立医院的无痛针也并不是标准配置。哪怕在科学知识如此普及的今天，也依旧有很多人认为打无痛针会对胎儿产生不良影响，事实上无痛针当中的麻醉剂剂量很小，也并不会直接进入血液循环当中，进入胎盘的剂量甚至可以忽略不计。

无痛针近几年才开始出现在一线城市，而且不纳入医保。我们现在也经常能看到很多男性通过电流实验去体验生产的疼痛，把生产的疼痛分为十级的话，很多人其实痛到第三、四级就已经觉得难以忍受了。妈妈们在生产的时候所忍受的疼痛，没有经历过的人是想象不出来的。过于疼痛的时候，人会通过叫喊来缓解痛苦，这个过程也会让人非常丑陋甚至面目狰狞。

很多妈妈都在心中对自己有要求，想要顺产，但是很多人并不知道顺产是要侧切的。我怀孕的时候，知道这件事情后都崩溃了，当时就在想，能不能提前把这件事情当成一个手术来计划好。但是生产过的妈妈跟我说，生孩子的疼痛让你根本就感觉不到侧切的疼痛。那女人生孩子时，究竟得疼成什么样呢？

女人在生产过程中的痛苦，好像已经被大家充分知道了。但人们其实并没有完全理解生产的痛苦，也鲜有人会去关注女性的生育体验，哪怕这个体验在现在的环境下，是非常狼狈、不美好的。

好多女孩刚结婚没多久就生孩子，过不了心理这关，都崩溃了。很多人会得产后抑郁症，是因为想象中的美好全部被撕碎了。真实的生产过程和养育过程是很狼狈的，我们没有那么美好，我们没有那么光鲜。而真正要做的，是**面对生活本来的样子，而不是广告里定义的生活的样子。**

一个女人，如果足够幸运，她的丈夫知道疼惜她的话，那她在这个过程中能得到一丝丝安慰；一个女人，如果自己受过教育，在这个过程中就能够自己开导自己，让自己在心理上不那么痛苦；一个女人，如果她的家庭经济条件好一点，那么在生育的过程中，她就会多一些体面，少一些狼狈。所以**爱、知识和财富**

能够让我们稍微好过那么一点点，也能够成为我们手中那把抵御残酷世界的武器吧。

*

车水马龙中一个个母亲的形象呈现在我的眼前。一个个剪影生动而坚强：她可能是凌晨推起小车的商贩，哪怕黑夜吞没了路边的灯光；她可能是空中忙碌的"飞行侠"，一边开会一边担忧着孩子的课业；她也可能是产后尚未恢复身材的胖胖的宝妈，自卑地拿起穿不进去的衣服……

曾经，很多人因为蜜芽改变了命运。以后，蜜芽也还可以给更多的人带来光和热。

在情绪非常饱满的状态下，蜜芽的形象在我的脑海里再一次蜕变了。于是在一个深夜里，我完成了蜜芽形象宣传片的文案全文。

上一版的蜜芽宣传片拍得很实，介绍蜜芽，品牌方来阐述蜜芽为之增砖添瓦，用户来讲述蜜芽为之带来的生活方式的改变，员工来陈述在蜜芽工作的体验，这是很具象的表达。但是经过了时间的沉淀，蜜芽凝聚了我们所有人更多的情感和力量。在意象和概念上，蜜芽又究竟升华了什么？4A 公司（国际性广告公司）做再多的功课，也不可能完全呈现出来。于是，我就自己想出来：

> 如果我没有那么美好，你还会爱我吗？
>
> 我不在乎光鲜亮丽，我在努力。
>
> 如果我没有那么美好，我还会爱我自己。
>
> 蜜芽，年轻妈妈，品质生活。

生活不是广告里定义的模样，在真实的境况里，狼狈、肥胖、憔悴、衰老等一些不美好的字眼，是真真切切存在的。**每一个人都希望被救赎、被爱，我们都希望自己拥有好运气，如果没有，我就做那个努力的人，哪怕不是一直光鲜亮丽。自爱拥有神奇的力量。**

永远不要忘记发现自己，不要忘记爱自己。如果没有爱自己的天赋，那就发掘爱自己的能力。记住，爱自己不是放纵自己，而是给自己一些时间，发现自己、接受自己、经营自己、成就自己。你要成为一个能量体，散发热与爱，才能更好地造就身边的环境，感染身边的人。

蜜芽希望每一个妈妈都拥有更好的生活，这是永远不变的初衷。而这个更好的生活，是自己定义的。

▶ 在最小的闭环里
创造价值

让妈妈群体获得幸福，不只要让她们用到好东西，还要让她们
能够真正自立。

如果说蜜芽的画像是我的感性造就的，那么涉及公司的具体
事务，还是更需要理性的抉择，理性才能指导我去做决策。人可
以按照自己的想法来管理自己，但是必须要依据理性去管理公
司。疫情时在家办公期间，我们还是做了很多业务层面的决策。

当初创办蜜芽的初衷是爱孩子，想给孩子精选全世界的好东
西。很长时间里，这个初衷赋予我们的使命，让我们非常自豪。

我们打了很漂亮的仗，手里的子弹也尚且充足。虽然战争中
一定会有伤痕——这些伤痕可能来自敌人的枪口，也可能来自自
己人的误伤——但我们仍然是骄傲的战士。而且蜜芽的管理层，
一半以上都是女战士，商业战场上，我们一起披荆斩棘，每个人
都好像德拉克洛瓦的画作《自由引导人民》中那个挥动着旗帜的

自由女神一样，怀有无限的使命感和自豪感。

即使再不喜欢商业战场里的硝烟，一旦踏足这片土地，也一定有兵戈剑刃随之而来。我们发现，"帮孩子找到全世界的育儿神器，找到全世界好用的母婴产品"这件事，对我们而言，只是个局部战役。事实上，我们以骄傲、漂亮、伟大的母爱姿态赢得了这场局部战役，或者说捍卫住了我们的领地。

但是一场更大的无形的考验随之而来。我们最早把跨境进口商品的价格打下来，后来京东、天猫、网易都跟上了。我们比其他平台早两年，这两年的时间差帮我们获取了大量的用户投资，可是这些最终不属于我们。

这种失落，就像是一个满腹豪情的将军，因为心中的使命而努力拼搏、浴血奋战，终于赢得了一场战争，但是发现战果并不属于自己。这种缺失感，要怎么弥补呢？我心里五味杂陈。

后来，我在想，一个男性创始人在商战中，可能会选择轰轰烈烈地死去，或者老奸巨猾地继续在战场上周旋，比如出售或者合并。但作为一个女性创始人，我的出发点是对孩子的爱，是以"爱孩子"为人生意义而去拼搏的人。在这种时候应该如何抉择呢？

蜜芽就像是我的孩子，这个战场最终不能完全属于我，那么我愿意为了我的"孩子"重新找战场，换一个地方将它继续养大。

哪怕在新的战场中，一开始不被别人理解，哪怕有人觉得蜜芽会销声匿迹，哪怕投资人也不理解，我也不会舍弃这个"孩子"。

*

去年冬天，我跟我们两位股东在北京机场旁边的漫咖啡坐了六个小时，不讨论业绩怎么增长，不讨论下一步应该怎么办，而讨论蜜芽的使命到底是什么，"蜜芽"这两个字代表的是什么，真的就只讨论这些。我最后得出的结论是"年轻妈妈，品质生活"。他们跟我谈了六个小时，不逼我上市，也不考虑明天的业务报表，就一个字一个字地抠字眼。

为什么是"年轻妈妈"，而不是"所有妈妈"，也不是"女性"？为什么是"品质生活"？为什么是"品质"？为什么是"生活"？为什么不是"品质母婴"？为什么不是"品质育儿"？"年轻妈妈，品质育儿"看起来是不是也做在线教育呢？"品质育儿"这四个字听起来就涵盖了教育。"品质生活"不就是护肤品吗？

每一个字的改变，都意味着公司业务的改变。稍微变一个字，公司内涵就会变得不一样。

我想，这八个字，是我们坚定不移的方向。

这一天对我们至关重要，在公司业务最胶着的时刻，这次谈话坚定了我对公司改革的信心，我无比感谢他们。

*

　　当时要换战场的原因就是平台，垂直平台是打不过综合性平台的，垂直平台没有更加有宽度的用户价值变现的方法。蜜芽在用户的效率上一定比不过天猫这类综合性平台，甚至跟其他较小的平台相比，在用户垂直上也是有一些差异的。

　　换句话说，**别人的供应链我们都有，那为什么我们更早地撤出了跨境供应链的战争呢？**因为有的平台用做游戏挣来的资本补贴它的电商，由此来获得更大的资本支持。而我们用融资的钱来补贴我们的电商，其实一开始就输了。这两者根本就不是一个量级的，也许做游戏一个季度可以赚十个亿，但是我们不可能每个季度融资十个亿，在节奏上永远都会慢一拍。

　　用减肥的经验来打比方。在跨境供应链的战争中，如果我们和网易考拉较量，就好比我在深夜吃薯片来给身体补充能量，虽然能获取能量，但是会扰乱作息、影响健康，从而影响我的生活节奏。要如何找到自己的节奏呢？

　　我们重新定位：蜜芽的新战场就是品牌管理公司。这家公司的基因就是"给孩子找更好的东西"。

　　我们已经找到一条能够满足这个价值的产业链了，如果这个产业链无法再继续被我们挖掘，那我们就自己去创造一条新的产业链出来。

以前，我们都带着滤镜去找海外商品，找到了满意的商品，觉得非常自豪。但是随着时间推移，我们在寻找的过程中发现，好的东西越来越少。与此同时，我们也要接受客户投诉，说明已经找到的好的产品也是有质量问题的，但是制造商不改进质量。其实出现问题不可怕，听到消费者的声音，慢慢改进就好。可怕的是，有些问题无法解决：日本公司很傲慢，欧洲公司反应慢，美国公司的产品质量本来就差，澳大利亚、新西兰只做保健品。慢慢我们就会发现，其实别人的东西也没那么好，那我们就自己来做吧！

所以我们选择做品牌管理公司，这样就能把这些东西做得更加深入。我们不做平台，也不做浅价值，而是做纵深。**我们要真正为中国的年轻妈妈去寻找她们的品质生活，让她们用到好东西，而不在乎国籍。**

由此，我们开始做自有品牌。

*

让妈妈群体获得幸福，不只要让她们用到好东西，还要让她们能够真正自立。每一个人都有自己的精神世界，但是我无法帮助每一个人精神独立。

那么，让众多普通年轻妈妈感觉幸福的最简单的方法是什么呢？

多赚一些钱，是最踏实和最实际的事情。让她们每个月多出几千块钱的收入，同时能买到相对靠谱、让人放心的产品，这两件事情是我能做到的。

如果说蜜芽在第一个五年做的是"刘楠因为对自己孩子的爱而出发，并且找到了自己的价值"这件事情，那么蜜芽在下一个五年做的就是"我们为了自己的家庭、孩子而出发，同时要找到自己的意义"这件事情。

找到了意义，但是却没有任何"术"去改变现有的生活，被困在钱这件事情里，是非常痛苦的。眼界打开了，能力又有限，怎么办呢？所以我们还是要在"术"的层面，共同开创出一条道路。现实也证明我们成功了，越来越多的妈妈通过在蜜芽的分享，从全职家庭主妇到可以经济独立。

从价值观到理念再到商业模式的设计完美融合在了一起。

因此，我们从一个垂直电商平台转型为品牌管理公司。

从一个人摇旗呐喊，转变为希望所有的妈妈都能够更幸福、更开心。这就是我们最宏大也最简单的初衷。

*

以前我的心态是悲壮里带着一些凄凉，我觉得自己就是油画中心的人，这是我的命运。哪怕最后很多主人公的宿命都是死亡，但因为你是个引导者，站在中心的位置上，这不仅是职责，也是代价。但是现在我不再追求这些，或者说不在乎了，不再执着于做油画中心的人，我的愿望是让大家都幸福一点。

于是，根据减肥的经验，我们自己研发了减肥代餐产品。最初，我们用了两个月邀请用户来试用。试用的效果是喜人的。第一批和我们一起试用的人，在一个月中平均减了十三斤，并且是在很健康的前提下达到的效果。

于是，最初试用的人就开始一起推广这个产品。我们没有做任何大规模的营销，我相信用户的口碑就是最好的宣传。经过一期一期的裂变，每一期都会有一个"享瘦营"，大家在这里分享自己的经验和成果，学员们自己可以瘦下来，还可以通过这件事情赚钱。这对一个宝妈来说，是很短的闭环，大大减少了完成的难度。

有时候，人们之所以很难做出改变，就是因为闭环太长，可能走到一半就放弃了。比如说，一个在外企上班的年轻人想要更高的工资，开始学英语，可能学了几天就放弃了。也有的人想要谈恋爱，就准备减肥，计划好了要去健身房，但是第三天老板让加班，减肥这件事情就被搁置了，谈恋爱这件事情也随之搁置。

但是一个全职宝妈，二十八天的时间里能减重五到八斤，同时还能跟别人分享感受、卖出产品并且赚钱，这个简单的闭环基本上不会打扰一个人本来的生活节奏。这也意味着，无论是什么生活状态的人，都可以在这个闭环里实现自己的价值。

没有气吞山河的浪漫主义，但也绝对不会是赛博朋克的氛围，我希望我的企业是柔软又务实的承载体。蜜芽能连接个人与小家的幸福，也能够建立起为个人和小家安身立命的堡垒。

▶ 改变中的
舍得与懂得

舍弃掉的那一部分，为留下的部分腾出了空间；放弃一种选择，就会为另一种选择全力以赴。

断舍离不仅体现在我的生活之中，还体现在我的工作之中。我舍弃掉、断掉了资本，甚至舍弃了外界对蜜芽的理解，哪怕这份理解是可以帮助蜜芽获得很大的物质支持并且上市的。

二〇一八年，资本市场很火热。蜜芽的业绩很好，我的 CFO 和投资人们都认为蜜芽可以上市了。他们认为，在二级市场这么好的情境中，蜜芽也可以先上市再转型，有更多的资金对转型也是有百利而无一害的。

可是，我觉得未来的平台之路不对，我们更应该做的事是转型。选择不以平台模式上市，意味着我们舍弃了很多资本。

但我从未后悔，这些都是人生的舍与得。

这是我寻找人生意义过程中的小小里程碑，这个选择让我更加坦然地面对自己。放到更长远的历史视角下，这短短几年中的阶段性盈利或者损失，都显得没有那么重要了。迎合资本和需求非常容易，也可以进一步扩大我们的市场，但是并不能解决问题。我们现在所面对的，是为了日后走得更长远要储蓄哪些能量，确定往哪个方向去走。

舍弃掉一部分资本，自然是"痛"的，需要巨大的决心。就像生活中的"舍"需要直面内心，在公司层面上，则要面对公司最本质的核心，这个核心可以被称为企业方向，也可以被叫作企业使命。正因为带着初心来做这件事情，最终需要赤裸裸地坦诚相对，所谓不破不立，不立也就不能破。**这并不意味着我们不在乎资金，做出这个选择，说明我们更在乎日后的良性发展。**

在公司层面上，不上市、不讲平台故事，在很多人眼中是一件很傻的事情。但我思考了三个方面。

第一，如果在未来，公司不会是现有的这种商业模式，那我现在为什么要以这个商业模式去讲故事、去"割韭菜"？资本驱动的车轮下，被碾压的往往是一个个小家庭。我很难说服自己。

第二，在蜜芽的价值体系中，蜜芽这家公司还有很远的路要走，其发展意义早已超越了金钱价值，那我们为什么要着急在短暂的两年里套现呢？人在焦虑的时候需要直视自己的内心，企业在面对重大抉择的时候，也同样要直视内在，内在的价值决定了我们采用怎样的方法论来践行，而不是完全由金钱结果导出的结论来倒推企业的发展方向。

第三，我自问，刘楠的人生意义就是把蜜芽做上市，每个季度发好看的财报，让这家公司更赚钱吗？答案自然是否定的。好看的财报、创造更多的就业机会、让更多的人改变自己的生活——是在创造品质生活的路上得到这些必然的结果，而不是由这些结果引导出蜜芽的"爱"的初心。

我在每件事上都在找更深远和长久的意义，所以在公司转型时，我很果断地断舍离。

＊

但一个公司的走向，不是创始人一个人就能拍板做决定的，一个公司的创始人也不可能是纯粹任性的。即使像埃隆·马斯克那么愿意自我表达的人，他在很大程度上也要受制于董事会，前几年股价最低的时候，董事会有意罢免他，因为董事会是有这个权力的。记得他曾经有一次在车上发推特，然后董事会就直接发出公告：我们正在计划罢免CEO。

所以CEO的言辞并不能代表董事会。一家大公司的健康运行，是需要创始人、职业经理人和股东们共同维持的。大公司有自行运转的能力，每个人都在贡献自己最擅长的那一部分的能量。从这件事就可以看出，创始人不可能一味只追求自我，更不是一个人就能拍板所有的事情，而是需要吸收接纳众人的想法，考虑各方的利益价值，海纳百川，然后融会贯通地运用到公司的管理当中。

不得不说的是，我是个幸运儿，"放弃上市、直接转型"这个最终决定得到了董事会的支持。

董事会成员是一群非常非常懂蜜芽的人。当初他们之所以愿意投资给蜜芽并且热爱蜜芽，正是因为看到我跟这家公司在灵魂上的契合，以及同这家公司力量根源的绑定。我永远能赋予这家公司新的灵魂和力量。

他们知道，蜜芽不是也不适合做下一个拼多多、京东、阿里巴巴，蜜芽的基因注定它的使命是做一个足够女性化，足够特别，足够让天下妈妈感同身受，让天下女人能够产生情感共鸣的公司。所以他们尊重我的情感主张和表达，而不是只看眼前短期的上市和套现，哪怕上市对他们来说其实是最有利的。在我心里，他们是在精神层面和我志同道合的投资人。投资人和创始人在"道"的层面上不谋而合，对双方都是非常幸福的事情。

人与人之间的联结是非常奇妙的缘分，有些极为短暂，有些十分微弱。大千世界里有着一群志同道合的人，共同去创造一个世界，为更多的人创造更好的生活，为了一个共同的目标发挥自己的才能和智慧，一同并肩作战。这样一件偶然的小概率事件，被我们碰到了，我们因此聚集在一起，是何其幸运。

无论是生活，还是工作，愿意舍弃和敢于舍弃，都是为了迎接更好的未来。舍弃其实就是掌控能力的一种体现，要知道哪些是可以舍弃的，如果不舍的东西太多，反而会把自己压垮。舍弃掉的那一部分，为留下的部分腾出了空间；放弃一种选择，就会为另一种选择全力以赴。

*

当然，也会有一些不一样的声音存在，却给了我不一样的感动。

二〇一九年，在年终董事会上，我宣布了要转型这个决定。有一位董事问了很多问题，当时我的眼泪止不住地流下来，但是我没有任何停顿，一边流着眼泪，一边继续回答他的问题。我们的财务数据很好，每年的毛利额和净利润额都在增加。单从财务数据上看，我们已经是那位投资人所投资的所有公司里表现最好的了。

所以他很不好意思也很愧疚，觉得我很坚强地带领这家公司去突破，去寻找更好的未来，而他作为男性，太过逼迫，在一个公开的大会场合上让我哭了。这位董事后来安慰我，但是我说："你不要在意。"我流眼泪，是因为做战略转型决策者这个角色，对我们来讲都很不容易。我从不怕哭，因为哭的时候大脑会分泌内啡肽以减少痛苦，这相当于你的大脑在轻轻地拍着你的背说："没事的，一切都会好起来。"

他作为投资人，想去探寻我转型的决策是否正确的时候，自然要问很多专业的问题，我也能做出专业的回答。但是这件事情从深层次连接着我的情感，我的眼泪是不受控制的，是一种情感的表达。所以我也从来不觉得哭是一件很丢人的事情，能哭也是一种掌控。通过这件事，我更加坚信，他们能看到女性的特点，也能看到女性的力量。

那是一次让我流泪的董事会，却也是一次氛围非常融洽的董事会。大家彼此都知道，为了更长远的收获，暂时放下是值得的。而最为珍贵的是，我们都舍得，我们更加懂得。

▶ 以不变
应万变

扎根大地的树，哪怕旁逸斜出，仍然可以做到枝繁叶茂。

某次开高管会，大家在讨论选品。我突然想，天天选别人的商品，今年是 AHC 的面膜，明年是日本玻尿酸的面膜，后年是澳大利亚公主面膜，如果退休的前一天，我们还坐在这里一起挑选面膜，这种一眼望到头的日子该有多么可怕？

如果产品永远都是别人的，这也就意味着最有生命力的原生创造力永远握在别人的手上。我们不断选品，永远只能锦上添花，却不能创造自己的产品，似乎像一个永远的中间商。而这些优势，在品牌议价能力越来越强的直播带货中，又会日渐式微。流量看起来是来钱最快的，但是流量才是最难留住的东西。

在不断厮杀的价格战中，价格和产品都掌握在别人的手中，我们又如何才能将物美价廉的东西送到蜜芽的消费者手中呢？一般情况下，在同样的商业模式中，产品的用料价格越低廉，销售价格才会越低，持续选品下去，岂不是与"品质生活"越来越分道扬镳吗？我们究竟怎样才能拥有持久的竞争力？我想，方法一定是把品质和价格都抓在自己手里，拥有自己的创造力和品牌力。

＊

我们必须要做品牌，**品牌才是能沉淀的宝贵财富。**

今年做出一款面膜，人们使用它并且喜欢它，就会来回购这个商品。可能在之后的三十年里，我们不断思考的问题是，怎样让这个品牌不老，怎样赋予它新的生命。也许，每年都会有一次新的命题作文等待我们去作答，但是在书写的过程中我们塑造了这个品牌，就像塑造另外一个生命。选品却不一样，选品是挑选别人的东西，产品质量一时是好的，却不能保证永远是好的，这不能陪着公司沉淀下来，更不用说三十年的时间，它会很快消失殆尽。

现在，我更喜欢有沉淀价值的资产，或者品牌式的资产。时下我们总说流量重要，但流量是很难留住的。用最本质的东西吸引流量，并且稳固地留下这些流量，用资产把流量变成固定的用户，这个最本质的东西，才是我们需要重点考虑的。现在我们改为用品牌资产来沉淀这些流量，把流量变成用户。在生命旅途中，我把这样的品牌资产视为另外一个自己，它有着自己的价值主张，有着无限顽强的生命力，并且会随着时间逐渐茁壮成长。

世界上最有价值的公司都是资产管理公司。比如，银行是金融资产管理公司，房地产公司是不动产的资产管理公司，品牌公司是品牌资产管理公司。甚至，在美股和港股排名前三十的公司当中，大部分也都是资产管理公司。

所以我喜欢资产。虽然身为女性，但我对包和首饰不太感兴趣。很多奢侈品牌的公司会宣传包、钻石都是保值的，事实上，这些东西只是看起来像资产，本质上还是消费品，因为我们不可能专门去把包或者珠宝卖掉，它们的主要功能是使用。在我眼中，不动产、品牌公司、人才是真正的资产。

＊

蜜芽做得更多的是消费品或者说快消品，我们需要有捕捉流行趋势的敏锐触角，但是我更希望我们的团队在不断更迭的变化趋势中，找到永恒的价值和可以沉淀的基点。

哪怕在数十年甚至百年之后，现在的人们依然知道"永远致力于制造更好的笔"的派克钢笔，提起三宅一生会立刻想到"解构主义设计"所带来的舒适，人们提起苹果会想起那个时代的科技感。追赶变化是永远追赶不上的，创造变化、引领变化才是方向。在这个互联网时代，人与人的联结、物与物的联结、人与物的联结，都会影响一个企业的走向。前两种紧密联结逐渐成为过去式，对我们的影响越来越弱。我们倡导以人为本，也把产品本身的质量放在核心位置上，但是最终，人与物的联结才是价值共生的土壤。价值共生的直接结果就是创造变化，我们共同创造价值、传递价值，最终和用户一起获取价值。

如果永远追着变化走，很容易随波逐流，到最后什么都留不下来。我们要做的，是一起经历过繁华和浮沉之后，知道自己的锚扎在哪里、扎到多深，至少要做到心中有数。

这个时代的潮流来来去去，变幻莫测。"变"才是本质。**扎根大地的树，哪怕旁逸斜出，仍然可以做到枝繁叶茂。**蜜芽也找到了自己的土壤，在未来几年，我们会稳稳扎根、汲取养分，无论是疾风还是微风，我们都会在变化中拥抱和呼吸，创造出有着自己节奏的潮流。

● 自己定义的 品质生活

在这个创业被恩赐的互联网时代，全民社交有了更广泛的呈现模式，品牌可以属于每一个人，只要你的生活足够精彩。

潮流一直在变化，当公司旗下拥有多个品牌时，每个品牌也应该有迭代。这时整个品牌的矩阵所存在的意义就呈现出来，它承载着不同消费人群的需求，根据他们的喜好来提供品质生活的要素。

所谓的品质生活究竟是什么？每个人都有自己的定义。

从方法论的角度来看，我心中的品质生活要素，就是心中的小美好和小快乐，它可以是生活中很微小的事情，但是累积起来却有着无穷的力量。

我很喜欢泡澡，所以很重视个护产品，经常会选择自己喜欢的洗发水、浴球、浴盐，如果平时在家里泡澡，用到各种没有用过的东西，遇到自己喜欢的香味，得到很好的体验效果，这些都会让我感觉很开心。于我而言，这件看起来微不足道的事情，提高了我的生活品质。

我们现有的品牌，其实就是在做这样的事情：生产出好的产品，让大家在使用的过程中感受到快乐。每次用自己公司做的产品，在享受产品本身带来的舒适的同时，想到有更多的人，因为使用我们创造的产品而提高了生活品质，我的快乐就会加倍。

*

换一个角度来看，能让很多人都产生愉悦感的东西，其实是有共性的，是大部分人都需要的东西。比如说，美是让人赏心悦目的，所以变美是很多人的需求。美，自然也是有代价的。变美往往需要耗费金钱、投入时间，甚至做医美还需要勇气。

每个人在变美的诉求上，都有着自己的理念。有的人希望自然护肤，有的人追求快速见效。而品牌各自有各自的主张，人们会选择与自己的理念一致的品牌。

我们有一个品牌叫法蔓兰，主张的就是精选优质的配方成分，没有品牌溢价，所以我们没有把主要精力放在昂贵的营销宣传上，甚至没有给包装做过多的加法，而是把成本全部用在了内料上。你也许很难想象，同一个生产大厂里，法蔓兰成品的旁边就堆放着某国际知名品牌的美妆产品，它们经过同一套机械的搬运，被送往消费者手里的时候，价格却能相差三到五倍。

所以每次推出新品的时候，我们能做的，是给用户呈现我们的选材成分，告诉他们这些成分的价值，以及同等成分的其他品牌产品的价格。我们的产品的成分和超奢品牌产品中三五千一瓶的面霜的成分是一样的，但是我们的产品价格可能只有两三百，这其实就是直接把化妆品的溢价砍下去了。

有一部分女性喜欢这样的价值主张，她们就会选择我们的产品；也会有部分女性不接受这样的理念，觉得三千的价格能带来更好的享受。确实，在有些人眼里，能给人们带来愉悦的不只产品本身，可能还有一个奢华镀金的瓶身、隔壁女孩羡慕的神情。但是在追求美的路上，并不是所有人都能够拥有充裕的可支配资金，所以我们的理念能和一部分人群吻合就足够了。这就是两种不同的定义，每个人都可以定义自己的品质生活。

当然，不同的品牌有着不同的定位。

兔头妈妈甄选当中的 Mom Pick，我们把它定义为母婴国货的第一品牌。我们在前段时间刚做过纸尿裤品类的分析，其中前三名的品牌都是外资品牌。但是在过去三年中，他们的市场占有率在下降，这就说明国货品牌正在兴起。然而国货品牌群龙无首，没有一个国货品牌真正站在金字塔的塔尖上。在这种时局下，蜜芽选择站出来，努力去做这个在最前线摇旗呐喊的人。

＊

　　每一个独立的个体都有着自己的价值观，对蜜芽的每一个品牌，我也赋予了它们各自不同的价值主张。每个品牌的战略都不一样，这样看起来，甚至有点反其道而行之，因为我们倡导的是品质生活，我在自己的生活中这样践行，也希望选择蜜芽的人能和我一样拥有更好的生活品质。当大部分美妆产品在疯狂砸钱来做营销的时候，我选择把价值放在产品成分上；当很多母婴品牌都在降低成本以降低价格、搞价格战的时候，我们选择宣传我们的品质。

　　就像唱歌一样，伟大的歌唱家会根据不同的作品来调整自己的唱法，去让某一首歌更加动听，而不是永远选择单一的唱法。选择让品牌来管理公司的时候，我们也会赋予品牌不同的价值主张和理念，让不同的人群有更多的选择。

　　我常说，生活和工作都需要做减法，但是在品牌的价值主张上，是需要有执念的，那就是为品质服务，这是一个必须要坚守的核心，而容不得半点"佛系"心态。

*

不可避免地，总会出现不一样的声音。我们以此为傲的分享模式，也被一些人诟病成传销。其实这两者之间有着本质的区别。

互联网的裂变已经有了很多新的玩法，但是并没有人去清晰地定义销售模式。比如现在很多博主在自己的微信公众号、社群、微博上宣传的时候，带上购买链接，这是传销吗？当然不是。这其实是意见领袖在用自己的生活理念吸引价值观相同的人群来共同购买。本质上，是消费人群在选择自己的购买渠道。

但是一旦消费者在购买的过程当中遇到了问题，就会有人来谴责这种模式，虽然有一些问题在传统的操作模式下也时常发生。模式并没有错，出问题的是操作的个体。

而我们的作用还在于，让很多加入进来的宝妈了解法律法规，避开真的传销组织，和我们一起打击传销组织。我们鼓励妈妈分享这一模式，但是在很久以前，也真的有一些用户被拉去做传销，那些非法组织就是看准了她们深深植根于宝妈群，许诺她们发展虚拟货币从而获得高额收入。为了避免这种情况发生，我们每天都会在社群里反复强调：警惕以下事项，保护好自己的资金。

　　哪怕是微商这一类的创业，也是需要投入资金来进货的。在蜜芽分享商品，是不需要进货也不需要投入任何资金的，就只是纯粹的分享，分享的同时能够有一笔收入。从本质上来讲，我们的目的是让宝妈们在很短的闭环里完成一整个流程，给她们减轻压力，而不是让她们分担销售的压力。

　　现在，我们也将对社群的培训板块进行拓展和延伸，不仅提醒用户避免传销陷阱，也给用户分享反传销的知识。我们从来没有避讳过这件事情，有问题会解释并且解决，对用户有好处的事情我们会持续做下去，最终还是回归到用户价值本质上。

＊

　　用户价值不是一句口号，而是真真切切、实实在在发生的事情。很多妈妈通过社群分享，在这个短短的闭环中改变了自己的生活，有些变化是翻天覆地的。

　　四川有一位西餐厅服务员，学历并不高，长相普通，但是为人亲和，做事负责，很多顾客都比较喜欢她。她经常会给顾客留联系方式、加顾客的微信，一方面保持联系，另一方面她也经常在朋友圈宣传上新的菜品。一次偶然的机会，她所在的西餐厅有一部分积压的鸡蛋，领导希望服务员能够帮忙宣传，号召大家团购这些鸡蛋。她经过这一次偶然的机会，开始长期帮店里对外团购鸡蛋。

这位四川妈妈所在的西餐厅，在当地算是亲子环境比较好的，所以有很多妈妈客群，她自己也是二胎妈妈。后来她又开始在广场上卖气球作为兼职，吸引了很多孩子。有了这个经验，她又开始卖一些纸尿裤，顺理成章地加入了蜜芽，大概也就三年时间，她的兼职收入超过了正式工作的工资，于是她就辞去了服务员的工作，来全职做分享。目前，在一个四线城市，她的年收入在三十万到五十万之间。这样的收入，哪怕是在一线城市，也是非常不错的。

后来，她作为妈妈代表参与了我们的新西兰溯源之旅。她激动的样子我现在依旧历历在目。"这是我第一次出国。"没错，那是她第一次办护照。第一次出国的人，却可以把新西兰原装进口的婴儿益生菌卖到中国的四线城市去，真的是一件很神奇的事情。

也许有的人惊讶于她从当服务员到一年赚三五十万的转变，我却更惊叹于她的能量之大——把一个外来进口的小众品牌，在那么小的城市打开知名度。这是她的力量所创造的价值，这个价值是体面的，值得被品牌尊重的，因为她真正创造了社会的价值。

在生活中，我们经常能够接触到一些特别刻板的印象：**全职太太在职场精英女性面前，永远都矮了一截，似乎由于依赖于人又脱离社会很久而完全没有了自信，这也导致全职太太在想要重新进入社会开始工作的时候，没有了勇气。**为什么全职太太就不能拥有自己的魅力呢？为什么必须走上社会才能变得漂亮呢？漂亮不该是女人每天必须做的事情吗？即便是全职太太，也可以是光彩照人、充满魅力的全职太太啊，为什么全职太太就一定要被和与社会脱节画等号呢？

我们应该自信一点，即便没有工作，也可以通过各种途径接触社会，特别是在这个创业被恩赐的互联网时代，全民社交已经成为可能，品牌属于单一的个人，一个人只要活得足够精彩，就能创造出属于他的品牌。

正如这位四川妈妈，她的能量还有一部分来源于互联网时代的便捷催化，这是一个很好的契机。如果倒退二十年，这件事情是很难想象的，没有资金链也没有经验的人，不可能在四线城市给一个小众新西兰品牌拓展出知名度。按照当时的标准，做成这件事情的人，大概率是一位男性，开了十年左右的本地商贸公司，有着各大超市或者门店的铺货权，也许还应该配备几个仓库，有一堆司机开着货车送货，这就要求账面上的流动资金至少有几百万。在这些经济基础上，商贸公司的人才可以去找代理，引进国际品牌，这时候又需要几十万的代理费去做品牌的建立。这就是前互联网时代中商贸的基本画像。无论是商贸还是代理，门槛都非常高。

互联网的优势在于能无限放大个体的力量，让无论什么背景的人都能够接触到各级社会资源。首先，互联网不在乎你有没有钱去交代理费，因为互联网的流通不靠代理费存活，我们的商品货物流通速度极快，效率提升了。其次，互联网也不会看你过去的经验资质，大家都在裸跑，裸跑之后群雄逐鹿，能够胜出的那个人，就会成为这片区域的领头羊。在这个创业被恩赐的互联网时代，全民社交有了更广泛的呈现模式，品牌可以属于每一个人，只要你的生活足够精彩。

这其实是一个更加自下而上的模式，立足于个体的体验分享，基于意见领袖属性，而不是一种生硬的代理销售生态。这也是一个从被动接受到主动分享、从不专业走向专业的过程，这个过程让更多的普通人能够参与进来。

*

未来的蜜芽会是一个品牌的创业平台。我们每个品牌都会有一个品牌总经理，由这个品牌总经理衍生出品牌的灵魂。更多的年轻人可以以这个平台为契机，创造自己的价值。在多年的观察中我发现，很多人心中都有一个品牌梦，希望发挥自己无穷的创造力，但是在实现的过程中又苦于没有落实的地方，因为一个品牌的诞生需要设计、开发、品控、供应链、仓储、物流、电商渠道、营销包装，这让很多人望而却步。而对这些需要落实的问题，我们已经孵化出完整而强大的中台能力。只要你带着对美好生活的理解，以及对这个品牌深深的爱，就可以在蜜芽实现它。

拿我自己的例子来说，我在很小的时候就特别喜欢画 logo（标志），但是我不会设计，也没有设计的工具，只能手绘，可手绘能力又一般。在这里，我们有一个强大的设计中心，从 logo 到 slogan（标语）都可以帮助你实现，甚至还有内部的整合营销策划团队。你只需要当那个"最强大脑"，做最核心的主创。这是每一个有创造力、有品牌梦的人都可以在蜜芽实现的。

其实无论做平台还是做品牌，无论这家企业做什么，"蜜芽"这两个字代表的含义就是年轻妈妈品质生活，我们的人群永远都是年轻妈妈，我们要做的事永远是要给她们高品质的生活。

在互联网时代，每一个个体都有可能成为一个品牌。蜜芽的使命，就是赋能于个体，帮助更多的个体来实现梦想。无论在销售端还是在制造端都予以支持，公司的中台能力让销售端的个体更有销售能力，让前端有品牌思路的人更有创造力，让每一个人的能量最大化，每一个人的价值都得到最好的呈现。未来我们中国妈妈创造出的品牌应该更有国际属性，能够再返销给全球各地。

我始终坚信，拥有无穷创造力的，永远是人的大脑。

▶ 尝试新的一次

> 无论走得多远，我都会记得自己为何而出发，因为一直和你们并肩前行着。

一整个春天，世界都放缓了脚步，疫情严重，所有人都难熬极了。但是该播种的人依旧在播种，劳作从未停止。无论春天是什么样的心情，勤勤恳恳地一步步踏实走过来，寻找自我也好，重新开始生活也好，减肥也好，秋天总是会有收获的。到了九月份，我已经瘦了整整四十斤，距离最终的目标还有十斤，状态终究是渐渐地变得越来越好了。

为了瘦下四十斤，我花了将近九个月的时间。而在迎来九月十九号这一天的直播首秀之前，我和团队在三个月的筹备时间里所耗费的心力，绝不亚于九个月里减肥花费的精力。在这一天我收获了一个新的头衔：母婴品类带货成绩最高的主播。这不仅仅是一个头衔，它也意味着我们最初转型的决定是正确的。

六月份我和女儿摆地摊的视频引起了不小的关注。那是从生活中提炼出来的小热闹，是我与短视频的初次相遇。九月份的直播，更像是和战友们筹备了很久粮草和弹药，结结实实地打了一场硬仗，是一次全新的尝试。

在直播带货这条赛道上，如同给一年一度的蜜芽宣传片写视频脚本一样，我相信没有人比我更了解蜜芽。而因为品牌管理公司的决策以及坚实无缝的落实执行，对每一件产品，我更是了然于心。一个产品，从理念到用料我都如数家珍，更何况背后还有一百多人的直播团队把关。有了这么多先决条件，由我来选品并做这个主播，变成了顺理成章的事情。

一开始我也对做直播带货有很多顾虑，担心用户不喜欢是一方面，另一方面，家庭也是我要考虑的重要因素。从春节到我为直播做准备期间，有八个月我都没有见到我的父母。我妈妈每天可能都是通过抖音知道我的状态，她在我的抖音粉丝活跃榜里一直都是第一名，并且她经常告诉我，我这条视频应该怎样怎样会更好。她是我的头号粉丝，而她的关注列表里，只有我一个人。对直播这件事，她也是非常支持我的。我甚至能想到，她一定会在我的直播间里买东西来支持我。所以，剩下的时间，我把舞台交给自己，准备足了力气要往前冲了。

*

以前我也是在深夜看直播的人，也以为直播是一件简单到靠嘴就能完成的事情。等到自己真正开始涉足，并且要在短时间内学成，很快就要展示的时候，才发现挑战可不止一点点。电商主播是一个全新的行业，更官方的说法叫作"直播销售员"，既要出镜来"播"，也要达到销售的目的。虽然很多人都在模仿李佳琦，但是他们能模仿，却从来无法超越。每一个主播都要有自己的特点才能突出重围。我是刘楠，也代表着蜜芽，那我的特色是什么呢？

虽然我对直播带货是比较乐观的，但是**在一片红海之后，最后能够长久留存下来的，一定是为用户创造了价值的直播间。**思前想后，回到初衷，我想我们最大的特点还是真诚、做产品的诚心和面对消费者的坦诚，一次彩排也验证了这一点。

在做直播之前，我拜访了一些直播经验丰富并且也做得很好的朋友。他们无一例外都提到了一点，就是在这个过程中一定要演戏。但我是一个非常不会表演的人，在第一次彩排结束之后，我都快要崩溃了，心里十分难过，涉足新的领域，却无法适应前人指点的玩法？我知道这并没有错，是一种营销技巧，但是直面观众的时候，我却不能从心底接受。当不能适应某一个舞台，也不能短时间内改变规则的时候，我还是习惯创造自己更想要的舞台。在下定决心之后，晚上我一遍遍看着脚本，一边再次复习产品，一边删掉了所有关于价格心理战的表演脚本，直接改成了最低的价格。

是自有供应链给了我这样的底气。其实供应链在电商直播中最大的作用就是对接货源和主播，解决线上商家供应迟缓、货样单一、价格昂贵的问题。由于供应链的重要性日益凸显，越来越多的直播平台、机构开始自建供应链基地，而蜜芽在三年前就开启了自有供应链的建设。

拥有自己的供应链，拿掉了各种中间商的差价，让货品直接连接消费者，价格自然也就下来了。我们还能利用这些被拿掉的差价，把更多的精力和资金投入到产品本身的用料上，价格下来了，质量反而上去了，这也是令我们由衷高兴的事情。**让一部分人能用更少的资金用上更高质量的产品，这不就是为品质生活创造了更多可能性吗？** 品质生活不是由钱堆起来的，而是用心创造和选择出来的，而选择本身，就是另一种创造。

＊

那天晚上我删直播脚本不知不觉就删到了凌晨五点，第二天去公司的时候发现脚步都有点飘。几个月的锻炼和规律饮食，还是给我的体力带来了不少正面支持，要是以前，我应该根本就撑不住吧。体力是一切活动的基石，在这段时间里，我每天都保持着低速运转的状态来保持体能。

在直播这件看似简单的事情里，准备直播的紧张和面对镜头的兴奋，就已经非常消耗精力了。在不间断地进行六个小时的直播后，我的体能也透支了。贴心的同事给我准备了西洋参片，更夸张的是，还有小罐的氧气瓶。下播之后，我一边病恹恹地吸着氧，一边看着直播间幕后的小伙伴们欢呼着庆祝不俗的销售额。

著名的心理学家吉姆·洛尔把精力分为思维、情绪、意志和体能。我不由得赞叹，人的精力是多么地充沛，却也是多么地不堪使用，一件事情就能把人的精力消耗得所剩无几。体能不够，我就保持低速运转，把更多的精力放在做好产品上，直接上好货，直接而实在。

管理时间重要，管理精力同样重要，活跃的思维还能帮我应对一些突发情况。无论准备得有多充分，总还是有很多突发状况。直播的时候灯光一直很亮，棚内的温度也很高，长时间地不停讲话，使得大脑处于一种缺氧的状态。同时，还要看屏幕上观众的提问来进行互动，虽然镜头诸多，离我的距离却很远。第一次直播缺少经验，网也在不停卡顿。

在演示眉笔的时候，我一边讲话一边转动眉笔，不知不觉越转越长，画到胳膊上的时候，啪一下就断了。这完全是人为的原因造成的，所以在迅速处理完这支眉笔之后，下了直播，我仍旧心有余悸。突发的状况总是层出不穷，第一次直播带货挑战巨大。

下了直播之后，我回家躺到床上，一直到第二天中午才恢复了精气神。

*

我不是一个恐惧镜头的人，但是看到几十部相机的镜头同时闪烁的时候，我的心跳还是快了一拍。直播带货成为一种新的销售模式，入驻短视频直播是一个重大的决策，也是一次勇敢的尝试。在九月十九号晚上，我的直播首秀取得了很不错的成绩：直播间在线观看人数累计三百四十六万，同时在线人数超过七万六千，成交量超二十八万单，销售额高达四千万元，当晚带货在抖音排名第一。

在这其中，母婴产品的销售额占据了60%，这是让我发自内心感到高兴的事情。给妈妈和孩子提供最好的母婴产品，让更多年轻妈妈过上自己定义的品质生活是我们的初衷，而这个数据则代表着一份沉甸甸的信任。

在直播当中，我将经验分享和产品分享合二为一，希望这些能给妈妈们更多参考。因为我在创业之旅中，从来没脱离过自己的角色。我结婚时，自己开了家婚纱馆。生了孩子，就自己做了家母婴电商。自己孩子长大了，我们母婴电商也变成了家庭消费平台。我不是什么神奇女强人，我的能量自然而然地来源于对家庭生活的观察和感悟。**恰巧，我可能代表了这批中年妇女：受过教育，生活在城市，养着孩子和父母，拼尽全力希望能照顾好他们**……而无数和我一样的女性，也奋力在自己身处的环境和力所能及的范围内，为自己和家人创造更好的生活。

所以这次成功的直播尝试后，直播也变成一种常态，常变常新，变化本身就是一种常态。之后我们又筹划了母婴专场直播、美食专场直播……还有别出心裁的汉服直播，也收获了越来越多的朋友的喜欢和支持。无论是直播还是短视频分享，我都有了更多的信心。我继续为"楠得好物"积蓄能量，宝妈们能通过蜜芽继续为自己的生活添砖加瓦，"一路同行肩并肩"说的大概就是我们彼此取暖的样子了。

＊

走过焦虑和迷茫的时期，虽然放弃了很多，但是从未后悔和

退缩。人生所有的阶段，其实都是一次"抓大放小"的选择过程。前路更加清晰而坚定，我们知道自己要走的究竟是什么样的道路，因为热爱，所以坚定，哪怕披荆斩棘，也会一往无前。做出做品牌管理公司的决定，花了三年时间搭建自有渠道，又花了半年时间来筹备入驻短视频和短视频直播，每一步都掷地有声，每一步的脚印也都实实在在。

　　直播带货是一条拥挤的赛道，以后还会有无数更加变幻莫测的激烈比赛。以用户需求为核心，让产品满足需求，共同创造理想的品质生活，是出发的起点，是不变的初心，是一路前行的动力源泉。我始终坚信，不破不立，选择更多的舞台，也就创造了更多的可能性。机会来了，我们时刻准备迎接；挑战来了，我们也会时刻做好准备。

　　数据终究会成为历史，我会记得的，是那些紧张和兴奋，那些支持与信任。**无论走得多远，我都会记得自己为何而出发，因为一直和你们并肩前行着。**

第四章

与爱共成长

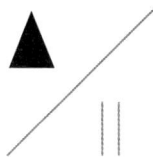

减肥是新生的过程，

重塑内在的自我，

发现爱与被爱的美好。

▶ 给婚姻做减法

那些为人称道的美好婚姻，夫妻双方都是在漫长的岁月中互相支持，互相欣赏，一起慢慢变老的。他们以同样的频率呼吸，共同汲取时间的养分，与其说是幸运，不如说是生活的智慧。

做对了一件事情，深入想通一个道理，这个道理就能解释生活中的很多事情。减肥是一个断舍离的过程，而生活中很多事情也都需要做减法，在这个过程中，也要找到自己的舒适点。自洽不仅仅是结果，也是过程，婚姻同样如此。

疫情期间不能出门的情况下，当活动的空间只有家这么大的面积时，与家人相处是人际关系中最质朴的情感联结。朝夕相处之下各种考验尤为突出，会暴露出平时不会出现的问题，也会发现平时无法察觉的感动。

最近看到一条新闻，说加拿大很多地区的律师都忙疯了，因为疫情期间很多国家出台了在家办公的政策，离婚率暴涨。有报道也显示，美国人谋求离婚的比例比去年同期上涨了 30% 以上。

两个人每天都四目相对，在相对密闭的空间里，谁扫地、谁做饭、饭勺有没有放回原位，这样的事情都可能成为引发家庭战争的导火索。

在这种特殊时期，两个人的智慧越发受到考验。在婚姻的生态中，如何保持两个人的舒适？

我印象很深刻，年初的时候，勺子引发了一场"家庭大战"。我和先生在日常生活中基本上不会吵架，那次是三年来我们"认认真真"吵的一次，后来我们笑称那是"勺子之战"。我们不是在宣泄情绪，而是很认真地讨论了对一些事情的不同理解。

当时我还处于很焦灼的状态中，新事物能让我稍微缓解一下心情。我买了一些新的餐具，代替已经使用了很久的餐具。其中有一个旧勺子，我已经把它扔进垃圾桶了，但是第二天，餐桌上还是出现了这个熟悉的"面孔"——先生把它捡回来了。在当时的情况下，我开始吃健康的早餐，开始筹备一日三餐，和过去的饮食习惯完全告别，是下了非常大的决心的，而餐具是吃饭的工具，"舍"掉这一部分东西，对我来说是很重要的仪式。但是他当时就很难理解这个勺子对我的重要意义。

现在想起来，这其实是一件非常小的事情，但是当时我们为了这么小的事情，讨论了将近两个小时。不过我们讨论的目的不是改变对方，而是达成理解和认同。

*

我时常被问起，要怎么面对婚姻。我很惊讶，婚姻是需要被面对的吗？后来我才发现，在"婚姻"这个词前面加上"面对"，是现在很时髦的搭配。但是我仍然觉得，"面对"是一个很沉重的词，出现了问题才需要去"面对"，去"解决"。

婚姻不是洪水猛兽，也不是解不开的奥数题，而应该是滋养你的肥沃土壤。它是人们生活的环境，人处在这个环境中，是一件自然而然的事情，自然到就像你每天喝的一杯纯净水，你不会每次都去尝试解析水的味道。

可能我们会说怎样面对都市的种种困境。比如在北京生活，不会每天都去说今天的空气是什么味道，除非在雾霾很重的时候，看着雾蒙蒙的天空，我们会想到"面对雾霾"。雾霾是空气污染的结果，使环境变得不适合人类生存。我们要面对空气污染的时候，心情一下子就会变得很沉重。

从这样的角度来看，反复去考虑要怎么"面对"婚姻，就说明觉得婚姻已经出现了好多问题，所以才要用沉重的心情去面对它。面对之后就要去分析，分析之后要解决。这就使得本该滋养你的环境，变成了需要你去解决的问题，是一种很糟糕的状态。

＊

　　在生物学的概念里，"生态"是生物在一定的自然环境下生存和发展的状态，而"环境"是一个更广泛的概念，它围绕着人，是让人能生存的一切，包含制度，也包含生态。所谓"无人生态，有人环境"。

　　所以要把婚姻当成环境，环境之中，又有很多种生态。这是客观存在的事实，我们会与事实共处共存，而不是企图改变甚至扭曲事实。

　　我们不会对着热带雨林惊呼："你为什么不长成我想要的样子？你为什么到处都是树叶？你为什么不是整齐的模样？"也不会对着一片湖泊呐喊："你怎么有这么多蚊子？"当我们身处客观的环境中，会顺其自然地生活，而不是"面对"。

　　现在我们也经常听到有人说"经营婚姻"，我把这理解成对"环境"的修建改造。这就好比试图把一片原始森林修剪成一个日式花园，是不现实也不可能完成的任务。如果硬要去做，这就是在难为自己，也是在难为那一片原始森林，结果只会是自己难受，半途而废。而如果拥有一个自己的花园，适当修剪枝丫、除虫除草，这则是合理的操作，也能带来好的结果。所以说，要观察并理解自己身处的环境，然后合理经营。所谓合理经营需要有合适的度。

先入为主的评判、非黑即白的两极化思维是很可怕的，但也是很普遍的。这导致很多人都觉得，好的婚姻一定是经营出来的，不好的就一定要去面对。其实我们可以选择更客观地看待婚姻，身处其中，去感受当下。

如果两个人能够结婚，并且能够在一起生活很多年，这其中的一切，一定都不是偶然的，而有其必然性。那为什么一定要在必然的事情里面，拽出让自己不舒服的点，给自己找不痛快呢？这是完全不必要的。每个人都有 AB 面，事情也有 AB 面，整合在一起才足够完整，完整和完美并不是一回事。

＊

现在很流行"亲密关系"这个概念，很多励志课程与书籍会教大家怎么经营自己的婚姻和家庭，把生活拆解成各种案例，分析出很多技巧和方法，试图把生活改造成自己理想的状态。

我更希望用看待孩子的视角去看待婚姻。

有很多父母培养自己的孩子时，试图把孩子变成自己期待的模样，在孩子的成长过程中，强行让他按照自己的想法来生活、学习、工作，父母和孩子双方可能都不会很舒服。在这样的情况下，只有极少一部分孩子在成年之后能够获得幸福，更多孩子很可能需要把大把的时间花在修复自己这件事上。无论是处事方法还是待人之道，孩子的身上或多或少都会有父母的影子，但**孩子是一个独立的个体，他肯定有着自己最独特的个性，他会是一个完全独立、和任何人都不一样的个体，他成长的意义在于变成他自己，而不是以活成任何人期待的样子为目标，虽然他会带着家庭的烙印和轨迹。**

　　婚姻一定能变成你理想中的状态吗？一定程度上可以，在某种程度上又不一定能完全达到期待。我们做的每一件事情，都是为了把婚姻生活经营成我们想要的样子。但是也要接受一个事实：最后的结果一定不会完全契合你的理想状态，多多少少存在一些偏差，因为它是客观存在的环境。

　　对未知的环境，人类有着探索的本能。当被动地被投入到一片热带雨林里面时，人都是有好奇心的，所以探索的过程是有趣的。假设你从热带雨林回来了，你可以摆出自己的发现，无论是表达喜欢还是表示厌恶。但是如果你身处那片热带雨林的时候，就下定决心要把它改造成日式花园，那你一定会铩羽而归。**婚姻形态是一种很客观的形态，哪怕伴侣两个人都很想把一整片热带雨林改造成苏州园林，这也是不可能的事情，因为违背了自然原理。**所以，不妨把婚姻当成值得探索的未知领域，享受当下探索的乐趣，往后每一天都是新鲜的。

*

在我看来，婚姻包含着两者：一是婚姻制度本身；二是婚姻状态里的两个人，以及两个人背后的家庭。

婚姻制度下的家庭是约定俗成的经济结构体，是非常客观的存在。它在人类平均预期寿命只有三四十年的时候就形成了，并且存续了多年，后来慢慢固定成普遍的一夫一妻模式。这个客观存在的事实，至少不会在短期内被迅速改变。

这是一个以家庭为生产单位的经济体，就像一个良好运转的公司一样，需要靠制度来维持运行：婚姻制度当中包含着道德要求、世俗观念、存续时间、家庭责任等诸多因素。

有了诸多要求和制约，便会有人在这个要求下产生不满、痛苦、焦虑甚至绝望等情绪，在对抗这些自古以来就形成的因素时，有很多人往往把没有消解的负面情绪投射到伴侣身上，顺理成章地把对环境的不满变成对人的不满和抱怨。这其实是自己的无力感的极致体现，因为无力改变。于是就有了课程或者书籍，教人们通过制服婚姻中的伙伴来摆脱无力感，获得短暂的满足，这其实是谬论。这说白了就是难为别人，而问题出现在事情本身，我们不能转移注意力。

婚姻这件事包含了太多太多，我们需要长期地跟一个固定的人保持多年的合作伙伴关系。仔细回想一下，你身边交往超过二十年、三十年甚至四十年的朋友，有很多吗？答案是很少。

假设你有一个交往了十多年的朋友，到了一定阶段，你和他的联系便逐渐少了。按理说，这也是你用心经营的关系，却没有一个完美结局。你会恨他吗？我想应该不会。

人们与伴侣之间有着长达十几年甚至几十年的关系，在这期间，要一起承担经济压力，一起养育后代，还要一起面对种种生活中的压力。婚姻这件事情本身就是承载着很多的，甚至不比开一家公司简单，这当然需要智慧去经营。

婚姻是非常复杂的，需要我们把它当成事业一样去经营。但是不要试图通过经营婚姻去改变一个人，不要试图打着经营婚姻的名号，来把伴侣打造成你理想的样子。

＊

婚姻意味着彼此成就，在同一片土壤中共生。我们可以看到，好的婚姻中，有的夫妻彼此性格完全不一样，却互补；有的夫妻看到彼此，就像看到另外一个自己。无论是哪一种，好的婚姻生活都会给予双方无限的养分。那些为人称道的美好婚姻，夫妻双方都是在漫长的岁月中互相支持，互相欣赏，一起慢慢变老的。他们以同样的频率呼吸，共同汲取时间的养分，与其说是幸运，不如说是生活的智慧。

我很欣赏建筑师津端修一夫妇的生活智慧，他们在林间深处的一幢小屋生活了几十年，两个人性格完全不同。最让我感动的不仅仅在于他们的彼此成就，更在于一个又一个细节。妻子英子常年做两份不一样的早餐，因为丈夫修一爱吃传统日式早餐，英子自己爱吃抹黄油的面包这样的西式早餐，哪怕在丈夫去世后的多年，她也一直保持着这个习惯。

妻子总是毛毛躁躁，走在他们共同的果园里时，经常会被绊倒，丈夫就在她容易被绊倒的地方贴心地写上小木牌来提醒。**夫妻间要留有空隙。在爱里面，不需要责备。**

每一对情侣都有自己的默契，也都有共同的舒适点和快乐小因子，身处其中也许不觉得特别，但是每当回望或者突然想起的时候，当下能被彼时的一个温暖小举动治愈，会心一笑，就是美好。

婚姻从来不需要一个人改变自己去迎合另一个人，彼此以最自然的状态相处，有的热烈有的安静，就像自然中叶子落了肥沃土壤，春天来了新枝发芽一样，自然而然，互相成就。

"爱是恒久忍耐，又有恩慈；爱是不嫉妒，爱是不自夸，不张狂，不作害羞的事，不求自己的益处，不轻易发怒，不计算人的恶，不喜欢不义，只喜欢真理；凡事包容，凡事相信，凡事盼望，凡事忍耐。爱是永不止息。"这是《哥林多前书》中的一段话，我一直记在心头。婚姻需要经营，但那是智慧，而不是算计。婚姻永恒的主题曲是爱，而不是没有情感地搭伙过日子或者共同抵抗风险。

▶ 寻找舒适三部曲

我们终究还是热爱着生活，热爱着自己，也热爱着彼此的。

总有人说"经营婚姻"这个说法显得理性到没有人情味。人其实都是感性的，但是如果在思维上做到理性，就能让想法当中感性的那一部分变得不那么纠结。

感性让人生柔软美丽。如果只有理性，生活会变得很无趣。但是，如果只有感性，人就会陷入一种焦灼的状态，开始折磨自己，一步步失去救赎自己的机会。所以无论是"面对"还是"经营"婚姻，每一个人在自己的婚姻生活中，必须将理性和感性结合，才能找到让自己舒适的平衡点。

在我的生活中，我创造了能够让自己处于自洽状态的"舒适三部曲"。

＊

第一个就是"let it go"（随他去），不执着于某一种结果，不让自己被条条框框限制住。

我们不必要求自己是一个温柔完美的妈妈，也不必要求伴侣一定按照自己的想法来为人处世。没有那么多的"一定""必须"，无论是对自己、伴侣、孩子、老人，都大可放下执念。

当有了很多的"一定"和"必须"，一旦有了一点点偏差，看上去就像一切失控，其实我们大可放松一些。为什么年轻女性那么恐婚呢？跟风格"一定"的宣传导向就有关系。我平时会经常刷视频，感觉现在大家谈恋爱或者结婚的时候，男人一定要给女人买一堆东西，评论里永远都在半真半假地开玩笑：好老公（老婆）永远是别人家的。难道没有做到视频里呈现的样子，就不是好伴侣了吗？当然不是。但是当这些视频每天都出现在首页，人很容易产生一种错觉：幸福是有定式的，我的伴侣如果没有做到视频里那样，就是不爱我了，我们的婚姻就是失败的。

一旦我们给婚姻套上了一个标准概念，在潜意识里认为"只有对方做了什么，这才是一段好婚姻"，这段关系就会变得非常令人疲惫。

因为人跟人是不一样的，每一个人都有自己的幸福点和困惑点。把生活套进定式中，其实是在为难自己：用别人的标准来为难自己。但其实每个人的标准都不一样。

放下执念之后，找到自己心中的那个舒适点，大家就可以在那个共同的舒适点上去努力。如果没有共同的舒适点，那就各自在彼此不太一样的地方努力。所谓"求同存异，和而不同"。

比如说任何纪念日都得过，生日一定要送礼物，出差回家一定要带礼物，这都是执念，是在套用别人的标准。潜移默化地形成执念，不仅为难了自己，同时也为难了在婚姻里本来就不太容易的另一半。这样一来，男人女人都变得很恐慌，但这其实是完全没有必要的。

也许有的人会认为，如果这些细节都没有了，生活会变得索然无味。生活中如果有人制造惊喜，那自然很开心，惊喜之所以是惊喜，就在于它是稀缺的、偶然的，而不是必然的。如果把惊喜当成必然来期待，失望带来失落，失落累积成抱怨，抱怨多了情绪就会爆发，当吵架开始的时候，一旦开了阀门，就会发现可能对方心中也有无限的失望与怨言。这就变成了双方无止境地扔皮球，如果需要把制造惊喜这件本应作为调味剂存在的事情变成清单上的交换项目，变成仪式感，需要满足对方的各种需求，那这种需求就会成为互相给对方套上的枷锁，上了枷锁的婚姻生活能不累吗？

　　现在制造惊喜和浪漫的仪式变得流程化、统一化，对惊喜的定义变成了程序的一环，刻板而又无趣。在我的婚姻生活中，概念性的惊喜与仪式感是很少有的。但是我不会承认我们没有仪式感，我们会有自己特有的给自己带来舒适的一些方式，也许不会往汽车后备厢里放花，但是周末出门去划船，偶尔出来约会，诸如此类的默契小事情，给生活增色了不少。

　　在很多人的概念里，婚姻是要持续四十年及以上的，在这漫长的时间中还必须保持新鲜。我们经常会看到"婚姻保鲜技巧"，婚姻中间还要有仪式感，这其实是把顺其自然的事情变成了执拗的想法，也就是所谓执念，听起来都让人觉得疲惫。

　　仪式感没有固定的模式和样张参考，而是属于夫妻两个人彼此的默契，是两个人共同的舒适点，也许是一束玫瑰，也许是一顿亲手做的饭菜，也许是什么也不做、背靠背安静共处的一个下午，这根据每个人的具体习惯和喜好而定，而没有也不应该有任何参照物。

　　漫长的时间预判会让人感觉疲惫，婚姻就是当下我们在一起。我们选择当下在一起的时光里，如果有惊喜就当作浪漫的调味剂，如果是平淡的日常就当作营养而平淡的一日三餐。放下把调味剂当饭来维持生活的想法，就是放下了执念，这样做，大部分情况下结果都不会太坏。婚姻是一个自然舒适的生活环境。**婚**

姻的真谛是不折腾，能陪你把婚姻走到最后的，不是那些当初爱得死去活来、天雷地火的人，而是那些你跟他相处起来感觉不到累的人。

＊

但是放下执念并不意味着没有原则地退让，这是我的第二个秘诀。

执念是被人为地强加在你、你的另一半和你们的婚姻当中的，任何被强加于身的东西都需要被放下，从而为家庭撕下标签，卸下压力。因为组建家庭是一个独立个体的自由选择，而不是为了把社会上所有的压力都转嫁到家庭当中，比如一定要过纪念日、一定要买房等等。只有两个人生活比一个人生活更好的时候，人才会做出这个选择。

放下了所谓执念，然后呢？肯定不是没有原则地一味迁就，而是把注意力放到自己身上。每个人都有自己的原则，有的人可能绝对不允许精神出轨，有的人则要求必须一起回家吃晚饭。类似这样的要求，有的人多一点，有的人少一点，每个人的原则都不一样，并且随着年龄增长，人的原则也会产生变化。所以在当下的环境中，找到并且确定自己的原则，然后坦诚地把自己的原则与伴侣沟通清楚，就能解决很多问题。这就是很多人所说的"在意的点"。

*

第三是找到让彼此舒适的快乐小因子。

放下执念，能确保你不焦虑、不纠结、不痛苦、不悲伤、不崩溃。保持原则，能确保你不被伤害。在前两者都完整的基础上，让自己快乐也是不能忽视的很重要的一点。

在这三部曲当中，很多人容易把第一点和第三点混淆在一起。当我们谈论到让自己舒适的快乐方法时，有的人不知不觉地认为，如果有人能像抖音里的完美丈夫一样该多好呢，男生做饭男生洗碗，男生做一切，自己舒舒服服地躺在客厅沙发上，喊他来倒一杯水送到面前。有的夫妻生活的确是这种模式，但是这是别人的标准，永远不要用别人的生活来对照自己的生活，不要把别人的要求套用到自己的生活里。

太多外来的因素告诉你应该怎么做，而那种笃定太容易影响心智了。所谓放下执念，是把这些不需要的水全部倒空，加入属于自己的原则。做完这两件事情之后，就可以开始寻找共同的快乐小因子了。

我喜欢给快乐小因子列清单，越细微简单越好，找出两个人清单当中的共同项，愉快地合并同类项，而那些不同点则是保留自我的好方式。从清单中找出两个人共同的快乐因子，达成一致，去创造快乐的时候就会更轻松、更没压力，也更容易达成目标。

*

生活中的快乐因子更是数不胜数。我很喜欢一本叫《生活之盐》的小书，是法国女作家弗朗索瓦丝·埃里捷的作品。她在书里写道："假设您这辈子按照平均寿命活到 85 岁，也就是31,025 天。平均每天睡眠 8 小时；3.5 小时购物、做饭、吃饭、洗碗；1.5 小时洗漱、个人护理、生病；3 小时做家务、照顾孩子、通勤、干杂事和零活儿；每天工作 6 小时，每月 140 个小时，连续工作 45 年，不算工作中所获得的乐趣；每天 1 小时进行必要的社交，与邻居闲聊，与同事聚会，开会研讨，等等。算算还余下多少时间让一般人来进行其他与其灵魂相关的活动？"当然，对现在的职业女性来说，每天工作加上通勤的时间，可能都有八九个小时乃至更多了，那我们完全留给自己的时间还剩多少呢？

作者还在书里写道："活着，这一简单的事实里存在一种轻盈和美好，超越职业，超越强烈的情感，超越政治或其他任何方面的立场，我想谈的就是这个，我们每个人都被赐予的这一点点多出的部分——生活之盐。"

我想，这些快乐小因子，也就是生命中的盐。所谓盐，即我们的感官创造力以及对一切的好奇心。假如说人生是一列长长的清单，那么生活之盐就保证了我们拥有一份感觉记忆的私密收藏。这些快乐小因子不一定是什么大事，很可能是微乎其微的、让人注意不到的事情，但是却不可或缺。它们就像盐一样，是我们生活中的必需品，但是却不怎么显眼。这些细碎的美好就是快乐小因子，是我们生活的调味剂。

无论是在婚姻生活中寻找共同的舒适点，还是为了自己去寻找属于自己的快乐因子，拉一个长长的快乐因子清单，总是一件愉悦的事情。这些快乐小因子，可以是寒冷天气里温暖的被窝，是饿的时候吃到喜欢的食物，是舒适的二十五摄氏度空调房，是出去和爱人看一部喜欢的电影，也可以是一起宅在家里打游戏，一起在家做一顿可口的饭菜，还可以是什么也不做，安安静静在一起也并不感到尴尬，享受着那份安静，度过漫长的岁月。

我们终究还是热爱着生活，热爱着自己，也热爱着彼此的。挣脱那些无谓的枷锁和执念，找到自己最舒适的姿势，再找一找两个人一起最舒服的姿势，一切看起来好像就没有那么难了。

▶ 创造稳固的安全感

也许全世界都对你的快乐与悲伤视而不见，他们却将之镌刻在心里，因为你就是他们的全世界。

很多人把自己的焦虑以及看问题的负面导向归因于原生家庭。"原生家庭"这个词，成了一个无辜的背锅侠。其实，换一个视角，我们追根溯源找到了原因之后，怎样才能让现在的生活变得更好呢？

人的大脑有一种保护机制，当你遇到特别痛苦的事情时，大脑会帮你忘记这种痛苦的经历，宛若你从来没有经历过这些事情一般。也许我的保护机制特别无懈可击，它让我觉得快乐和从容，让我能把未来的路走得非常平稳，步履轻盈。

在我小的时候，盛行"证明文化"。"我是谁？""我会不会被别人喜爱？""父母会不会一直疼爱我？"这类问题都没有既成的肯定答案，父母的疼爱与他人的喜爱都是需要去争取的事情。

我的父母都不属于情感表达非常充分的类型，尤其是我父亲，不善言辞，而我的母亲是个情绪波动很大的人。在他们面前，我要证明我是值得被喜爱的。

现在想想，孩童时期就有这种想法，其实挺心酸的。我考试取得好成绩，是为了让父母能够炫耀。整个中学时代，几乎每次考试我都是第一名，但是我并没有因为名次本身感觉到过快乐，而是想用名次来换取父母的爱，这种状态一直持续到我收到北京大学的录取通知书的时候。这是我当时认为的能让父母幸福也能让自己幸福的方式。讨好型人格，很多人多多少少都会有一些。我一直是很听话的孩子，基本上没有叛逆期。

中学有一阵子特别流行新概念作文，大家每个人都读着青春文学。那时候我的思维已经很"超脱奔放"了。中学的早恋我也并不觉得是一种叛逆，因为中学阶段是孩子们开始找寻自我的过程，这个过程包括情窦初开、和同学之间产生朦胧的感情，和老师交锋，通过努力得到课业的反馈，等等。不过非常遗憾的是，家长们参与不进来，他们可能只是作为一个旁观者，片面寻求一个结果："你考得怎么样啦？"而对孩子来说，他们需要一个不错的结果，去证实父母是爱自己的。

其实我觉得孩子更累。儒家文化总要强调父母对孩子的爱，比如母爱是无私的、伟大的，要孝顺你的父母，你的母亲多不容易抚养了你。我们天天听到的都是这种话。我觉得这种话特别有问题。父母对孩子的爱，绝大多数时候处于主观视角："我想让你怎么样""我以为你要怎么样""我这是对你好"。**父母对孩子的爱，很难跳脱出主观视角，有时还带一些自我感动。**

但孩子对父母的爱是无条件的信任与依赖，是那种本能的依赖。然而父母经常会在不经意间，用自己主观的爱冒犯到甚至伤害到孩子。我现在经常觉得，我对女儿的爱比不上她对我的爱，她对我的爱是不加任何掩饰的，她愿意在我面前袒露出最柔软最脆弱的那一面。

有一件很可爱的事，就是她现在开始评论我的朋友圈了。有一次我发了一张在外吃饭的照片，看上去非常有食欲，她评论："你在外面吃这么好吃的饭，都不带我去吃，哼。"我立刻就回复："妈妈今天就带你去。"这种感觉让我觉得非常温馨。她是有安全感的，所以才会马上表达出来："妈妈居然自己过得这么好，我要参与进你的生活。"如果还没有参与进来，她会立马提出要求。我当然愿意让她加入我任何美好的生活当中来。

我发坝，**有安全感的家庭成员，一个很显著的特点就是爱撒娇。**

*

日常生活中，只要家人愿意撒娇，我就能知道他们是有安全感的。有安全感的人是不会害怕犯错的。他们善于表达，会给我很正向的反馈：我自己做得也很不错。

前段时间，有天晚上十一点半，我妈妈跟我说："最近都没有吃肉肉。"我觉得很奇怪，家里难道没肉吃吗？我妈就给我晒一天的菜单，早上吃什么，晚上吃什么，觉得一天下来吃得很素。我就问她："你想吃什么呀？"她回复："你上次买的薄牛肉片，煎一下就很好吃。"我说马上给她买，她说不用了。其实，说话期间，我就打开 App 下单了，然后告诉我妈，明天早上就会送到。我妈还一直说："太麻烦了，不用了！"结果到了第二天早上九点，她就跑来问我，下单的牛肉片几点送到。是不是很可爱？

这种表达在我看来就是撒娇。她可以没有负担地向我索取，我觉得特别开心。因为这意味着，她知道我有能力给予，也愿意给予。在我这里，他们都是非常有安全感的，不需要有过多的顾虑和考量，放下了戒备和掂量，这是一种心理上的认同感。

在提及亲密关系的时候，人们常说，为什么在外面能够对陌生人笑脸相迎，回家之后却一丝一毫都不愿意掩饰。家是可以遮蔽风雨、承载美好的大城堡，只不过，现实生活中，城堡里的王子和公主需要自己打理一切琐碎繁杂的事情，而本来显而易见的幸福和快乐，很快就会被日复一日的琐碎繁杂和平淡淹没了。细枝末节的不快乐都在平淡到没有波澜的生活里被无限放大。人们好像失去了耐心，其实是在回到家之前能量就被消耗得差不多了，没有多余的精力给家人，反而需要家人照顾自己的情绪。

在陷入焦虑的那段时间，如果能自己消化，我基本上都会通过独处把焦虑情绪内化。但是有一些无法排解的事情出现，一时也没有办法解决的时候，和家人在一起就是最好的安慰剂，无须言语，仅仅陪伴就已经足够了。当你知道，在难过悲伤的时候，一回头就能看到有人在叫作"家"的地方等着你、牵挂着你，永远都在原地等待着你，那个瞬间你一定会被治愈。**也许全世界都对你的快乐与悲伤视而不见，他们却将之镌刻在心里，因为你就是他们的全世界。**

生活漫长，却没有能带来安慰的说明书。在更漫长的岁月里，我希望自己的能量越来越大，在让自己很好地生活工作的同时，也有更多的能量传递给身边的人，温暖他们，照亮更多地方。

作为一个能量体，一个能量的输送者，被爱的人索取爱与幸福，是一件无比快乐的事。无论是在家庭还是在公司中，爱是能力，也是我们拼搏的意义。一个人能够给别人提供爱，是一件多么好的事情啊！这是无与伦比的幸福！

▶ 别忽略那笨拙的爱

她可以在各种方式里烹饪出她的表达方式，一切都在掌控之中。

在上一代父母的教育当中，很少有人把"自我"这个概念融入孩子的自我认知当中。他们以"乖孩子"为标准，认为"听话"才是王道。所以八零后、九零后这两代人，很少有人认为自己的原生家庭是完美的，大家的原生家庭都在一定程度上有些瑕疵。那些童年时没有完成的事情变成了小小的伤疤，每当想起的时候，猛烈的疼痛随之而来。我们总是会心疼小时候的自己，同时也充满困惑。

这些心疼小时候自己的八零后和九零后成为年轻的父母后，会十分开明。他们会根据自己的经历总结感受并反思，并且会通过自己的思考过滤掉不必要的情绪和方法，再把这些感受与反思传递给下一代人。

　　家庭教育是一个逐渐演进发展的过程。二十世纪五十年代的父母更多是为了生计发愁，考虑怎么让孩子吃饱穿暖；六零后父母则更想知道，怎样让自己的孩子通过教育改变命运，所以当时打工还是上学成为很多家庭的选择题，也是社会上经常讨论的热点话题；当七零后变成父母，他们望子成龙、望女成凤，于是在很长一段时间内，家里的小皇帝、小霸王、小公主成为被关注和讨论的热门对象。

　　家庭教育一直存在，并且一直被国人们重视着。只不过每一个时代都有各自的主旋律和需要解决的主要问题。

　　到了今天，我们这一代父母肩上的责任，就是通过更好的沟通，更加通达地帮助子女梳理情感和认知上的困惑，让我们的孩子在原生家庭中得到更多的助力而不是创伤，尽量减少他们在家庭中的情感困惑，以及情感缺席所带来的遗憾，这是年轻一代父母的功课。

　　我总说，大部分人的原生家庭都不是那么完美完整。我在青年时代也有很多疑惑和痛苦，成年之后，我跳出来反思回顾，争取总结出经验，摒弃那些负面的影响。

＊

　　我的父母是"散漫"的乐天派，两个人其实都没有要经营家庭的概念和意识。他们俩都是艺术家，在他们身上那种年轻父母的"不靠谱"往往更加突出一些。我的独立大概也就得益于此。

在我初中二年级的一个下午，爸爸一如既往地消失，妈妈因学校的紧急事件被叫走，但是他们又都忘了告诉搬家公司要把搬家时间延后。

当时也没有手机，我根本就不知道去向谁求助。在没有办法的情况下，我尽量让自己学着掌控局面。现在想想，那么久远的童年时代，发生"兵临城下"的事情，并且我能够坚定地告诉自己必须要面对这件事情，是一件很奇妙的事情。工人们干活儿特别快，可能因为搬家都是按时收费，所以根本就没有过多的铺垫过程，也不会说很多废话，上来就开始拆家。

首先从衣柜开始。但是衣柜完全没收拾，里面满当当的全是衣服，我就赶紧说，你们能不能先搬点大件？他们就奔着其他大件去了。还发生了一件特别搞笑的事情：他们离开衣柜之后，我就赶紧以最快的速度把里面的衣服都抱出来，扔到床上。衣服堆积起来，比我这个小不点还要高。在工人拆衣柜的时候，我依旧在东收拾西收拾，没弄一会儿，就有人来喊我："女子，你把钱来收一哈子。"我们陕西话把小女孩叫作女子。

工人喊我之后，我感觉自己发现一个惊天秘密——我们家衣柜的柜顶上，散着一堆人民币，人民币上面落满了一层厚厚的灰土。不知道我爸妈什么时候随手把这些钱扔在衣柜顶上了，他们也忘了那里还有钱。看到的时候我好尴尬，因为衣柜太高了，我够不着。我搬个椅子，摇摇晃晃地站在上面，把柜子顶上的钱收拾起来。妈妈回到家的时候，家里的东西已经有三分之二都上车了。

身为艺术家的父母，看起来给人的感觉甚至有一些荒谬。他们总是随性而定，不安排太多的计划，让一切都自然而然地发生。不过，这也让我从小就有自己的主见，比一般孩子要独立，因为平时他们也会让我参与家里大大小小的事情，不会因为我是个孩子就把我排除在外，而我也乐于参与。

我小时候的沙发是铁质的，表面有一层布。我曾经拿着一个螺丝刀，一点一点卸下了家里的沙发。很久之后，在恋爱的时候，我为新家购置了一个沙发，顺手就开始组装起来。我老公（当时还是我的男朋友）看到之后就很惊讶：一个女人为什么要自己组装沙发，并且能如此熟练？那个时候我就觉得没什么大不了，小时候我就自己在家搬家卸沙发，那为什么现在我不能组装沙发呢？细想一想，女性也可以做很多事情，而不是像大家按照约定俗成的习惯所认为的那样要男女分工。事情并不是按照男女去划分的，而是"谁行谁上"，无论是谁。

*

从我上小学二年级的时候起，爸爸在俄罗斯长居六年，中间可能回来过一次。有一件印象很深的事情。小时候我想去公园野餐，妈妈准备了好多食物和玩具，现在想起来，这在当时还是很"潮"的一件事情，我满心期待。但是到了公园后不久，我们刚把野餐垫铺好，我爸爸就要走了。当时那份巨大的失望我至今记忆犹新。所以，当时我就告诉自己，应该把注意力集中在自己身上，别人来了又走，走了又来，来来去去，不会对我造成什么影响。但现在想来，当时那种难受到极致的感觉，在后来的二十年中，闪现过无数次。

当我自己做了母亲，我就会想，我自己会不会这么做？可能也还是会有这样不得不缺席的时刻。当突发的电话、突发的事情来到面前，我也要去处理。但是我在这样做的同时，会考虑怎么跟孩子沟通，怎样把孩子的失望降到最低，争取能做得哪怕稍微好一点点。

在回顾原生家庭的时候，我们不应该把它当成躲避现实的借口，而应该通过反思弄清楚自己当下的问题要怎么解决，防止悲剧再度发生。毕竟，有些事情回忆起来，只有痛苦，从中得到借鉴才是有意义的事情。

其实人的记忆也会产生偏差，一旦陷入某一种负面的情绪里来进行回忆，可能很多本身不存在的负面事件会被加之于上。人对过去的态度在一定程度上影响了当下的想法，所以对过去的态度比实际发生过的事要更加重要。所有人都受到过去思维的影响，但是绝对不应该被过去的事情束缚，不要让过去的事情决定当下和未来。客观地评价任何事实，别让自己陷入负面情绪。

所以乍一看，我在童年时代像是打不死的小强，倔强而顽强地生长。如果深陷其中，专门想那些心酸的时候，其实是想不完的，无穷无尽。但是有正面影响吗？我想正面影响还是占了绝大部分的。

*

小学时我一直住在姥姥家，妈妈对我采取放养的模式。但是她在自己也还在成长、人格不是很独立的时期，却对我展现出巨大的爱。并不是所有人都是在有备无患的情况下开始养育一个孩子的，她对未来和家庭，包括我，虽然没有很明晰的考量，自己也是稀里糊涂的状态，但是她在一切无序当中，知道有一件事情是坚定不移的，那就是爱我。妈妈也是第一次做母亲，她的爱可能有些笨拙，但是总让我惊讶。

中国妈妈很难说出"我爱你"这三个字，却尤其喜欢用做饭来表达对孩子的爱意。生活不像做饭，可以多一撮盐少一撮糖，但是厨房是妈妈的阵地。**她可以在各种方式里烹饪出她的表达方式，一切都在掌控之中。**

她们做一堆吃的，甚至到了铺张浪费的地步。每次我要回家，我妈都会提前三四天开始张罗食材，跑遍很多地方。她还有一种神奇的力量，就是无论多么边边角角的地方，她都能找到，只要那里有我爱吃的东西。等到我回家那天，她会拼凑出一大桌我爱吃的东西。

在我的童年时期，小升初考试是我的全家人乃至学校和整个社会都很重视的事情，所以孩子的营养成为全家出动一起商讨的重点话题。从五年级开始，我妈每天中午都给我做午饭。为了让我节省时间去学习，她会再把饭打包好，从家里带到学校，一年多的时间从来没有间断过，每天三菜一汤。虽然汤汤水水的东西不好打包，但她每次来时却从没有让汤水漏出来过。每次看着她丁零当啷地拎着大包小包的东西赶来，我都会觉得她笨拙又可爱。那时候，**父母表达爱的方式很笨拙，但他们的爱一定是无价之宝。**

每当回顾我的童年时代，无论是和我自己的孩子讲起，还是在其他场合说起，我都不太同意"童年阴影"这样的概念。家庭是由人组成的，当这些人成为一个整体，我自己又身在其中的时候，我更愿意把那些对我有负面影响、让我痛苦的事情，与对我产生正面影响、让我更加自信的事情综合起来看。人本身就是一个复杂的综合体，家庭更是，一旦非黑即白，想法就会趋于偏激。家庭对人的影响一定是综合性的。

感受到温暖的时候，把这些事情深深铭刻在心头，铭记并且传递；感受到痛苦的时候，尽量把这些痛苦对自己的影响降到最低，消减传递的可能性。这样才能形成一个良性的循环。

▶ 学会告别和分离

珍惜现在在一起的温暖，比预演尚未到来的未知，更加有用。

《目送》这本书我反复读了很多遍，自己做了母亲，就理解了那段被传颂很久的话："我慢慢地、慢慢地了解到，所谓父女母子一场，只不过意味着，你和他的缘分就是今生今世不断地在目送他的背影渐行渐远。你站立在小路的这一端，看着他逐渐消失在小路转弯的地方，而且，他用背影默默告诉你：不必追。"

在养育孩子的过程中，出于本能，父母都会把重心放在孩子身上。今年夏天，我送女儿去千岛湖的一个全封闭式夏令营，为期一周。在女儿出发前，我事无巨细地为她准备，甚至用马克笔在瓶瓶罐罐上写上大字：洗发水、沐浴露、乳液——我的担忧和焦虑与她的淡定形成了鲜明的对比。**亲密关系是最能滋养人心灵的，夫妻也好，情侣也好，亲子也好，亲密关系都会让你感觉到**

被爱着，同时你也在爱着别人。

但在亲密关系中，任何一方远离，其实会让双方都产生分离焦虑。孩子远行、恋人离开、婚姻危机，都是亲密关系中的分离挑战。

不应该在亲密关系中出现这些挑战之后才开始寻找自我，寻找自我应该是永久存在的功课，是一直需要做的事情，而不是出现问题之后才开始做的选择题。

开始触碰亲密关系时，就要早点做好分离的心理准备，这是在最紧密的关系刚开始时就要着手做的心理建设。在养育孩子的过程中，我很感恩于和她相伴共处的时光，但是我已经知道，这注定是一段要分离的关系，这需要一个慢慢练习的过程。

*

当分离发生的时候，最焦虑的是站在原地的人。在父母与子女的分别当中，孩子是去寻找新天地的人。孩子其实是非常快乐的，因为他们有新的东西可以去探索，他们精力旺盛，大脑可以被很多东西填满。而留在原地的人，则只剩下无数的记忆和一成不变的生活。虽然生活是一成不变的，但至少回忆是动态的。陷入回忆，再回过头来看看当下已经离开自己身边、开始去探索新天地的孩子，心中难免会落寞。无法排解的落寞和小心翼翼的牵挂，最终成为一道无解的问答题，因为无解，所以焦虑。

亲密关系是需要练习的。知道注定会分离，才能更好地珍惜在一起的时光。就像人最终都会死去，没有什么关系不会走向分离。这并不是一种极度悲观的态度，反而是积极的态度：知道在自己一辈子这七八十年当中，每一段关系都是独一无二的，也都是注定要结束的，才会更加珍惜任何一个和自己相处的人。

害怕分离是一种本能。在进入一段亲密关系的时候，双方都是特别开心的，但是最终人的本质，还是会回归到自我。虽然有人说人本质上终究是孤独的，但是孤独之外，每一段关系都值得探索。第一层境界是，认识到所有的关系都注定是要走向分离的。第二层境界则是，仍然愿意非常热忱地对待每一段情感。

这两种境界合在一起，就是一种真正的英雄主义：知道生活的真相，依旧热爱它。**勇敢的人不当鸵鸟，不会去逃避一段关系。**人注定会死去，但是依然要活得热烈，享受这个过程，珍惜这只此一次的活着的机会。尽量开心就好，因为一切都注定会有一个大结局。

*

虽说分离需要一个慢慢练习的过程，但我从不刻意锻炼我的女儿，刻意锻炼过于残酷。当孩子向我寻求亲密关系、渴望亲密接触的时候，我一定会很温柔地回应她。

当孩子向我表达思念，说"我想你"的时候，当她渴望拥抱，希望我陪伴她的时候，我一定会陪伴着她，并且紧紧拥抱她。

刻意锻炼，以训练出钢铁一般的意志，这就有点像纳粹的思路，未免太过残忍。

人生注定充满分离，其实我们这一生都在不断告别，和过去告别，和自己告别，当然也包括和儿女告别，这些都是自然而然会发生的事情。在我的女儿尚未经历分别的痛苦的时候，我能做的是给她更多的温暖，构建起她的安全感，而不是用很残酷的方式来训练她。**珍惜现在在一起的温暖，比预演尚未到来的未知，更加有用。**

我会在女儿有疑惑的时候，及时站在她身边。她在小学的班里有一个闺密，小学阶段的孩子之间的情感其实远没有到稳固的阶段，大家都是随性而来。但是她当时为这段关系即将结束而痛苦不已，她总觉得她的闺密要和另一个女生做朋友，有种朋友被抢走的感觉。

这个时候我会宽慰她。

我告诉她："妈妈像你这么大的时候，基本上三个月一换。"

她就很惊讶。"那岂不是比换男朋友还要快？"

我们就在一起笑作一团。

她跟我倾诉了两个晚上之后，第三天晚上就开始和我讨论她交到的新朋友了。

这样的宽慰能够帮助她在一定程度上缓解焦虑。这是有意识的练习，而不是一种训练。父母相对通透一点，其实能帮助孩子从焦虑中抽离出来。

父母是怎么做到相对通透的？深知亲密关系注定是要分离的。作为成年人，父母逐渐老去，我们害怕他们有一天不在了，为此而焦虑。我们也会为担忧伴侣离开而感到焦虑。孩子其实也同样为她的闺密不再是朋友而焦虑，这些都是一样的，不同年龄段的人，都有各自的焦虑。

我们能做到的，是训练自己，而不是去训练别人，训练别人太残酷了。我希望女儿和我在一起的时候，状态是松弛舒适的。实际上，她和我在一起时的确处于很舒服的状态，她会告诉我喜欢哪个小男生，诉说诸多小秘密。而现在很多父母还是对孩子有太多的要求和期待。

学会舍弃、放下执念是一件皆大欢喜的事情，对任何一段关系里的所有人都是有百利而无一害的。

▶ 相互依偎，
彼此成就

我希望我的孩子在出生的那一刻没有任何负担，宛如羽毛。

我从未希望女儿成为怎样事业有成的人，只是在她身旁陪着她去发现自己的兴趣。翻看很久以前的备忘录，有这样一条：**我希望我的孩子在出生的那一刻没有任何负担，宛如羽毛**。如果说有什么期待的话，我希望她有个健全的人格，并简单快乐地过一生，快乐就是她对自己最大的奖励。一辈子可能就这么多天，如果在这些日子里，快乐的时间占了绝大多数，我会由衷地为她感到欣慰。这是我对她最大的期望。对她的这份期待，我在帮她完成，同时也在和她一起成长。

快乐不是一件复杂的事情，当快乐变成需要养成的能力时，我们可以将其拆解开来。首先，快乐在于人对自我的认知。大部分人的痛苦源于对自己以及对生活的不自信。

自信是自我认知的一种结果，而自我认知是完全主观的。可能有的人实际能力一般，但是就是特别自信，对自己的现状十分满足；也有一部分人能力已经超于常人，但是会特别不自信甚至抑郁。当对自我认知有着非常明确的标尺，做到自己心中有杆秤时，就不会产生不切实际的想法和要求，也不会过分颓靡停滞。

我希望她能知道，满足这件事情是有一个度量的。不必方方面面都做到十分优秀才能开心，但是只要是想做的事情，都可以尝试。当然，让她快乐成长也不意味着一味迁就她，让她在能力范围内抓住能使自己变优秀的机会，这还是必要的。呈现在现实中，前者是在已经很优秀的基础上追求卓越，但是却忽略了本身的资质，父母和孩子双方都很崩溃；后者则是放弃方法，直接完全放养，追求浅薄的快感，比如一直玩耍。这两种做法都十分极端。

*

在陪着孩子成长的过程当中，家长需要因材施教。拿兴趣班这件事来说，最重要的是要发现孩子的天赋，在孩子擅长的方面持续投入资源，孩子就会有积极的反馈，会更加自信。如果一个孩子就是不喜欢弹钢琴，怎么弹也弹不好，强行逼迫会适得其反，甚至会让他对钢琴本身都产生厌恶。相反，如果一个孩子很喜欢钢琴，他就会因喜欢而产生好奇，好奇心被激发之后，他就有了探索的欲望，也有了更多的可能性，那么在这个时候加以引导，随着时间的累积，会得到越来越多的积极反馈。快乐不仅仅建立在自我对外界事物的爱好上，也建立在别人对自己的赞同当中，他人的赞同是一种正反馈。

孩子的快乐看起来十分简单，和成年人相比甚至有些浅薄，但其实要真正做到，又是非常有难度的，因为这需要非常细致入微的判断，这个判断就建立在对自己的比较正确的认知上。**父母不可能一直帮孩子创造快乐，但是可以去帮他们建立起对自我的正确认知，帮他们点亮一双发现快乐的眼睛。**

*

人在成年之前，是很难拥有对自己的完全正确的认知的，认识自我是一个漫长的过程。作为母亲，我尽可能地陪伴在女儿身边，作为共同成长的伙伴，和她一起成长，观察她的成长，这样就能够非常及时地发现她的不快乐来源于什么，尽可能地帮她把不快乐的杂草铲除。而孩子的不快乐，看起来又十分轻盈，比如和要好的闺密分开了会难过，一次英语考试的成绩没有达到目标会焦虑，这些是家长们可以及时观察、及时疏导排解的，这就是陪伴成长的过程。而在成长的过程当中，孩子纯净的世界和心灵会像一面镜子一样让我反观自己。很多事情其实是殊途同归的。

女儿的英语目前是三科当中最差的，所以每当接触到英语的时候，她多多少少会有一些自卑和难过。有一次我们谈起英语学习，我很明确地告诉她，我根本就不在乎她英语成绩不太好这件事情，帮她报英语夏令营也是为了让她体验环境，结交更多的朋友，见识更广的世界，而并非为了提高她的英语成绩。虽然我也希望她能通过夏令营提高英语成绩，找回对这门学科的信心，但是如果我向她表明了这种急于求成的心态，她会有多么巨大的压力啊。这种善意的谎言，恰恰是在保护一个幼小孩子的自信心的种子。我还会告诉她："考试成绩这个东西，不是焦虑就能提高的。你看爸爸妈妈英语都这么好，所以你注定就会是一个英语很好的孩子，现在可能只是暂时不太适应课堂上的节奏。"

她瞬间就给自己找了一堆理由，说觉得不是很喜欢老师的口语发音。在这个时候，我稍微往回带了一些节奏："老师的口语不是你能左右的事情，没有改变的可能了，所以你不能总想着这件事，不然都没法继续上课了。"所以要接受老师的口语发音，因为这是客观事实，无论想不想都会一直存在。"但是，如果在老师的英语口语发音没有那么完美的情况下，你还是能学好，这是不是一件特别牛特别棒的事情呢？"

*

这是一个引导的过程，尽量让心态平和，才能尽可能地快乐，但也绝对不能一味迁就和纵容。风筝在天上飞，手里的线时而紧一些，时而松一些，才能让风筝飞得更高。而调整方向的过程，是寻找能让风筝飞得更高的要素的过程。比如学习英语的要素，就是需要我来帮她梳理和归纳的，而这是需要潜移默化进行的。

关于学习英语这件事情，首先，英文环境很重要，在特定的语境中才会有练习口语的机会；其次，语法词汇是基础，必须要下笨功夫的，需要去背诵和记忆；最后就是克服开口说英语时的心理障碍，一旦能够有自信张口，一切都水到渠成了。

英语环境我可以帮她创造，但是创造的时候不会给她施加任何压力。因为在本来就很焦虑的情况下，她已经给了自己足够的压力。在顺其自然的情况下，可能某个周末的聚会中有讲英文的孩子和她一起交流，这样就达到了目的，而不用刻意地去创造环境。至于第二点，我帮女儿做了一个学习时间表，加大了英语学习时间所占的比例，让她去掌握基础的词汇，并且尽可能地去练习。对心理障碍这道坎儿，我选择以鼓励为主，给她更多的正反馈，帮她树立信心。

这种理性的梳理归纳是年纪尚小的孩子无法自己完成的，所以我会帮助她来做这些事情，会和她商量在什么时间做什么事情，但不会告诉她每一样都带着明确的目的，只是潜移默化地影响她。从全局来看，学习英语这件小事，其实反映了生活中的方方面面。目标是让她更好，但是不能把父母的焦虑和孩子的焦虑混在一起，否则只会让孩子身上的焦虑变成双倍。本来社会就已经给孩子很大的压力了，如果父母再打着为孩子好的旗号逼迫孩子，孩子很大程度上是会崩溃的。

情绪发泄出来只是一时的，但是对孩子的影响却是很深刻很久远的。为什么会对孩子发脾气？因为大人也没办法了，只能去催促或者批评孩子，把没有进步、没有变优秀的责任一股脑推卸到孩子身上。如果父母能找到方法，帮孩子把事情一起完成，就不会产生后续的批评和崩溃了。我的原则就是，**自己都没有做到的事情，就不要要求孩子独自做到，如果孩子暂时没做好，告诉他暂时不要慌，再用潜移默化的方法，帮他克服恐惧和失败，做成他想要做的事情。**

*

以上都建立在父母的方法论相对完备的情况下。当然，在陪伴女儿一起成长的过程中，对很多方法，我也在不断升级和完善。

其实我的女儿也不是班里排名前三的拔尖学生，我就告诉她一个"前十名理论"：一位很厉害的老师跟踪观察了上千个孩子，发现当这些孩子长大成人后，最有成就的往往不是第一名，而是班上第十名左右的孩子。因为从第十名到第一名，需要付出超乎想象的努力，比如第一名和第十名之间可能差十分，但二者之间的差距实际上是远远超出那十分所对应的题目的，因为这是一个从精进到极致的艰难过程。但是第十名左右的孩子，把多考十分所需的精力和时间成本，用在了兴趣爱好上，用在了观察这个世界上，将来他们大概率会有更全面的能力去融入这个社会。如果付出了相应的努力还是达不到，那就不是不愿意努力了，而是天赋使然。

第十名的人，天赋和勤奋程度处于相对平衡的状态，因为他们还没有把自己逼到极致，还把力气花在了其他地方，做了很多和考试无关的事情。所以第十名的孩子就是最棒的孩子。在名次问题上，我是这样告诉女儿的。

这个理论是很久之前一位叫周武的老师提出来的，叫"第十名效应"。它触及了基础教育当中大家经常讨论的一个问题，就是学习能力和分数究竟哪个更重要。我并非完全认同这个理论，也并非以此为标准去实践对孩子的教育，我认为理论是根据孩子产生的，不同的孩子适合不同的理论，应该用对一个孩子来说最合适的理论去教育这个孩子，而不是用孩子和某种理论对标。

学习的理论有很多种。我的孩子是第十名，我就会告诉她这个理论；如果我的孩子是第五十名，也许念书就不是她唯一的选择了，但是我会跟她讲关于逆袭的故事；如果她是第一名，我可能就会告诉她更多学霸成材的故事了。无论分数如何，排名都不应该成为评判孩子的唯一标准。要培养孩子的自信和勇气，让他学会认可自己的能力，并加以引导，让他快乐地变得优秀，这才是快乐的根本。**快乐才是评判的基石。**

最好的教育方式是因材施教。每个人都想让自己的孩子学习好一点，没有人真的觉得自己的孩子考倒数第一是好事。但是弄清楚孩子是否适合学习，怎样才能学习得更好，以及孩子的特长所在，才是最重要的。

＊

在我小时候，身边有一个比较极端的案例。一年级的时候，我有一个很好的玩伴，我们两个人在一起，整天琢磨着怎么玩。但是那时候我对学习可能已经开窍，虽然爱玩，但也能考出不错的成绩，而他就经常在班级里成绩垫底。他的妈妈比较敏感，也非常要强，后来做了两个决定：第一是强迫他不再和我一起玩；第二是强迫他不和任何孩子玩，把所有的时间都用来学习。小时候我们住的都是大杂院，我们在院子里撒欢，可怜的玩伴就坐在院子角落里，一边听着我们的欢声笑语，一边计算着几乘几的算术题。但不幸的是，多付出的时间却并没有弥补这个玩伴的成绩，然后就是更严格的管教，仍旧止步不前的成绩，恶性循环。他那隐约流露着羡慕和恐惧的眼神，现在回想起来依旧让我感到心酸。但是那位妈妈没有意识到，每个人的天赋都不一样，并且在不同时期也有差别。如果时光倒流，那位妈妈对他说："有的同学的天赋是一年级能考出好成绩，而你的天赋可能要到四年级才体现，虽然一年级时成绩差一些，但是打好基础，说不准四年级时就超过别人了呢？"如果她能坚定地告诉孩子诸如此类的话，也许情况会完全不一样吧？

后来，玩伴成绩每况愈下，还直接留级了。离谱的是，留级之后，他的妈妈开始用各种方法给他补脑，甚至找中医针灸，认为找对了穴位，孩子就能变得聪明起来。可是为什么一定要变聪明呢？为了能考上好的大学。考上了好的大学之后能干吗？能找到好的工作。有了好工作和好事业，才能赚更多的钱。这是一个非常曲折的理想寄托。为什么父母不能现在就自己努力，给家庭增加更多财富呢？而且，这样做真的能让孩子如大人所愿，度过更好的人生吗？我不禁在脑海中打了一个问号。

究其原因，这是因为改变自己是艰难的，但是逼迫别人，尤其是逼迫尚且年幼、对父母极度依赖的孩子，却是很容易的。孩子基本没有反抗能力，也非常容易被控制。

把希望放在别人身上，难免会失控。做父母的时候，不要把自己的想法都强加在孩子身上。妈妈不仅仅是妈妈，也是她自己。而孩子不仅仅是妈妈的孩子，更是他自己。陪伴孩子成长的过程，也是在反观自己的过程。丢掉一些不合时宜的想法，放下一些强加于彼此的执念，是一个互相依偎、彼此成就的过程。

▶ 从女儿身上 汲取的自由财富

要知道自己价值的锚在哪里，需要在什么地方投入，又需要在什么时候抽离。

说是陪着女儿成长，其实我也从女儿身上学到了很多，常常有惊喜的发现。女儿是一个比我更洒脱的人。

作为一个孩子，她有这个年龄段的孩子会纠结的事情。但是我宽慰她之后，她的恢复能力和抽离困境的速度，总是超出我的想象。那是一种骨子里的洒脱，这是让我很羡慕的。我把这归因于她是水瓶座，有着纯天然的自由。

她总是风风火火、来去自由。有时候，她刚从外面玩耍回来，看到我在家，就会喊一声："啊，妈妈回来啦！大家都在家呀，那我再出去玩一会儿！"然后跟一阵风一样冲出门去。很快我就能听见楼下有一群孩子在大吵大叫，笑笑闹闹。玩累了，她再冲回家喝一口水，咕噜咕噜喝完之后，我问她要不要先洗澡，她说:"我先不洗,还没有玩完,我们还有下半场。"她不会因为妈妈回家了就打乱自己的计划。甚至我还经常"讨好"她,给她买新礼物,说:"我们要不要先拆礼物?"她会说:"我今天先不拆,明天再拆,因为今天还要下去玩。"

她的日程感很强,我只能插到她的日程中去,而不能左右她的日程。这种日程感并不是我强迫她养成的,而是潜移默化的影响的结果,因为我的日程感就很强。因此,她从小就认为,每个人都应该有自己的日程,不应该打扰别人的计划。

*

另外,女儿的自控能力超乎我的想象,她甚至比成年人更有自制力。这个暑假里,每天早上八点钟,我和她爸爸都还在睡觉,她就自己起床、洗漱、学习去了,但是我们都没有要求她这样做。后来才知道,她和同学交流获得了一个概念,就是她要自己好好学习。一旦确定了要做这件事情,她就开始践行,每天自己上闹钟,同时还嘱咐爸爸,如果闹钟没有叫醒她,就请爸爸来喊她起床。偶尔爸爸忘记了,她还会不开心。

在这个年纪的孩子当中,她属于很自强的孩子,自驱力也很强。所以我现在教育她的方式,是帮她化解各种想不明白的事情。我反而会跟她说："妈妈想让你当个小懒兔，你也要多睡觉啊，要长身体的。"

如果她是一个特别懒的孩子，可能我就会换另一种教育方法，在她心里埋下一些自驱的种子。总而言之，还是要根据孩子自己的特点，给他们创造一个相对平衡的环境。

*

女儿有一个电话手表，绑定了我的支付宝。平时她想买一些小东西，是可以自己做决定的。这就相当于给了孩子支配金钱的权利，我觉得这比直接给零花钱更好。

但我也经常给她讲一些钱的概念。早点知道钱的概念，对孩子的成长不是一件坏事。我经常会跟她说："你知道这个东西多少钱吗？你知道价值和钱的关系吗？"这其实是在培养她对金钱的概念，帮她建立正确的消费观。通过讨论金钱的价值，我们就能对金钱能做什么、不能做什么有清晰的认知，而不至于太过渴求金钱。如果太过渴求，就会对金钱的价值充满想象，甚至脑补出一些超出金钱本身价值的事情，这是一种不太理想的状态。

金钱的价值的确很大，所谓"没有钱，是万万不能的"。但是，"钱也不是万能的"。什么才能让金钱的价值最大化？我认为是驾驭金钱的能力。

在我的观念里，一个很富有的人依然有花小钱就能获得快乐的能力，是一种很可贵的品质；而一个人在不那么富裕的时候，仍然有为一件自己在乎的事情花大钱的魄力，这也是一种很可贵的品质。这就是驾驭金钱的能力，与人是否富有无关，与买贵的东西还是便宜的东西也没有关系。一个人对金钱的态度，是由内在自我决定的，而内在自我包含了思维方式和执行能力，其中思维方式就包含了对自我的认知，**要知道自己价值的锚在哪里，需要在什么地方投入，又需要在什么时候抽离。**

比如说一个贫寒的家庭，敢于在孩子的教育上投入很多钱，这是驾驭金钱的能力，因为他知道什么对他最重要。相反，一个突然中了千万彩票的人，沉浸在中奖的快乐当中，却不知道怎么支配这些财富，也不知道怎么面对财富带来的机遇和挑战，这就说明他没有驾驭金钱的能力。

有一次送朋友礼物，我开玩笑："我送了你一个毛利很低的礼物。"这其实就是一种超值的感觉，商家毛利很低，东西就物超所值。我们在驾驭金钱的过程中，能获得很多快乐。但一个很富有的人如果失去了驾驭财富的能力，认为只有买很贵的东西才能获得跟身份相匹配的快乐，那他就会不知不觉间变成金钱的奴隶。

▶ 放下执念，
构建自我

这个世界上，不可能所有人都理智十足。理智的人负责维护世界的秩序，确保着这个世界的正常运转；感性的人让这个世界多一点小拥挤、小吵闹和小美好。

在结婚、生孩子之前，还很年轻的时候，我就是一个执念很重的人。大部分女性在三十岁之前执念都很重。为什么？这其实是有据可依的。

这是由生理结构决定的。女性生育代价非常大，体能天生不如男性，产后身体又处于极度虚弱的状态，如何确保子孙能够更好地存活和繁衍？出于生理需求，女性需要能维持生存的食物，需要栖身之地，所以本能地用执念来塑造安全感。

这也是为什么女性总是说安全感很重要。实际上她们是要给后代一个更好的生存环境，确保后代能够更好地繁衍。一旦有了执念，要求就会变多。

但其实放下执念，回归到为后代提供更好的生活环境这个问题的时候，这又是个理性的归纳题。对现代女性来说，首先要有自己的事业，事业保证了经济的相对独立，这是当下女性最大的安全感来源；其次是寻求一个伴侣，这个伴侣至少不能拖累自己。前者是对自己的要求，后者是不需要什么执念的不高的要求。

在要求别人之前，先来构建自己。其实放下执念是一种很有安全感、很强势的心态，所以才很难做到。核心就是要把自己变得完整，而不是把别人作为填补自己人生空隙的碎片，依附别人来使自己完整。都说婚姻是个避风港，大家都想避风，但总要有人当港湾。我选择修炼自己，如果能避风自然最好，如果不能避风，那就自己来当避风港吧。但是很多人没有选择修炼自己，不自觉地就把指望放在了别人的身上。他们之所以痛苦，是因为在最开始的时候就放弃了自己做避风港的权利，也放弃了修炼自己。**现实中，我们每个人都不是完美无缺的，让自己变得完整，是重中之重。**

*

世界观初步形成之时，一切都等待着自己去建立，无论是思维还是情商的训练。到了中年之后，人们依赖二十多岁时建立起来的价值观，在待人处事上已经形成了一种相对固定的模式，也就是所谓的固化思维，所以总有人说三四十岁的时候再改变已经晚了。其实不然，**重塑自我的根本，是放下一些长期使自己不快乐又不可能完成的执念，舍弃掉一部分陈旧的观点，才能开始新的征程。**

其实让大家放下执念，并不意味着逼一个一无所有也并不自信的人去放下自我，因为这是不可能的。最后有一部分人所谓的放下执念，其实是在用阿Q精神来麻痹自己。放下执念不是放下所有可以争取的东西，其本质还是要修炼自己。

经常听九零后同事说起，钱我能挣，房我能买，车我也能买，灯泡我能换，我还要男人干吗呢？

其实完全可以换一个角度，你不需要用这些来证明自己不需要伴侣，而可以这样想：房我能买，车我能买，钱我能挣，同时我需要一个伴侣。不要用这件事来证明你不需要伴侣，而是要为自己的选择增加可能性。一个人让自己变得更加完整，其实是让自己有更多选择的机会，而且可以做很任性的选择。

要星光，要月亮，要世界投降，也要你们在身旁。

*

我觉得女性分为两种：一种一辈子都把重心和期待放在别人

身上，包括子女、伴侣；另一种以自己为重心，找到自我，并且为了自我而努力。

后者的成就未必在于快乐，而建立在自我之上。当寻找自我这件事情被完成时，生活就很容易被满足。女性有第二性的属性依然在逐渐地被改变。"**女人相较男人而言，而不是男人相较女人而言确定下来并且区别开来；女人面对本质是非本质。男人是主体，是绝对，而女人是他者。**"

波伏娃在《第二性》里，提出一个"他者"的概念："是指那些没有或丧失了自我意识、处在他人或环境的支配下、完全处于客体地位、失去了主观人格的被异化了的人。"[1] 所以她说："女人不是天生的，而是后天形成的。"女性需要在自己给自己和别人给自己定下的标准中，找到自己的位置。当这一部分女性把寻找自我作为人生目标，而不是把自己的人生依托于别人身上，她们其实就是在一步步制定属于自己的标准和规则。

在年轻一代的女性中，把重心放在自我构建上的人越来越多。女性越来越多地参与到社会工作当中，这一部分女性把女性价值从家庭扩散到社会，承担着越来越多的社会责任。这一群人

---

[1]这段话出自中国书籍出版社2004年版的《第二性》的译者前言，译者为陶铁柱。

引领着现代女性的思潮，倡导经济独立，也倡导精神独立，被当成年轻一代的标杆。她们的理性与果敢，也被冠以冷漠自私的名号，但这正是去标签化和去除刻板印象的必经之路。因为男性的独立就不会被当作冷漠自私的代名词。女性参与社会工作其实还没有多长的历史，而男性参与社会工作却是由来已久。

不过这并不会成为女性走向独立自主的道路的障碍，习主席在联合国大会纪念北京世界妇女大会二十五周年高级别会议上说，建设一个妇女免于被歧视的世界，打造一个包容发展的社会，还有很长的路要走，还需要付出更大努力。

我们不过是开始得晚了一些，但是一旦觉醒就奋力追赶，没有什么可畏惧，更没有什么可焦虑的。更多独立自主的女性，正在用自己的热情和才华，创造着一个又一个新的世界。而在互联网时代，新的技术逐渐弥补了男女生理上的体能差异，大脑才是核心竞争力，所以前路漫漫但是充满希望，我们慢慢来就是。

还有另一种女性，她们可能一辈子都把生活的期望和人生的意义寄托在孩子或者其他人身上。但是我从未觉得女性没有自我就一定是不正确的，这是另外一种价值观和婚姻土壤滋养出来的自然而然的状态。有时候，我会觉得这样生活的女性其实是很幸福的，我妈妈就是这样的人，孩子宠爱她，丈夫也宠爱她，大家都会因为爱而更多地包容她。虽然她也会时常掉眼泪，但是大家都会过来拥抱并且哄哄她，这也是一种很幸福的状态。

这个世界上，不可能所有人都理智十足。理智的人负责维护世界的秩序，确保着这个世界的正常运转；感性的人让这个世界多一点小拥挤、小吵闹和小美好。

无论是把重心放在伴侣和孩子身上的传统母亲，还是专注于事业的职业女性，都有着无限的可能，都可以重塑一个全新的自己。这两者并不冲突也不对立，构建自我是一件什么时候开始都不算晚的事情。不必修剪本来的模样，只要觉得舒适，就是适合自己的方式。无论什么程度的重塑构建，只要能保持自我完整，就是最好的状态。

第五章

重启人生

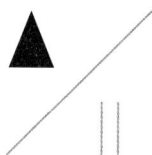

多重身份中，
审视、舍弃、改变、新生，
重塑自我。

▶ 相信自己，
从告别依赖开始

提升自己做决断的能力，本质上还是相信自己，相信自己有做出决定的能力，也相信自己有能够承担的勇气和魄力。

我相信万物相通。前面我们提到，一个成功的企业不能依附于潮流，要有自己积淀下来的文化价值，人也同样不能过多依附于其他人或事物。无论是职场女性还是全职妈妈，作为普通的个体，如何才能释放自己的力量，做一个温暖的能量体呢？

关键在于，**不把自己的幸福寄托在任何人身上。**

不是儿女出息了，妈妈就能完全幸福；不是丈夫对妻子呵护有加，妻子就能完全幸福；不是父母身体健康，儿女就能完全幸福。但这些却是中国家庭中最常听到的话语。

一个人首先要把自己的生活过好，这才是最重要的，是一切的前提。**只有自己丰盈了之后，才有能力给予身边人爱与力量。**

首先自立，然后给予。

舒婷在《致橡树》中的表达，不仅仅适用于爱情和亲情，也适用于很多亲密关系。"我必须是你近旁的一株木棉，作为树的形象和你站在一起。根，紧握在地下；叶，相触在云里。每一阵风过，我们都互相致意。"平等而独立，又能相互依偎。

*

我和女儿相处时，也各自保持着相对独立的状态。

有些时候，女儿很希望我能一直陪着她，但身份和职责让我很难做到一直陪着她。

有天早上我出门，她在为线上考试做准备。

女儿很想让我陪着她考试。"妈妈，我考试，你坐在我旁边，你不要进镜头就可以了。你陪着我，我就不会那么紧张了。"

我抱了抱她，让她坐在我的腿上。"你现在一定特别紧张才想让妈妈陪你，是不是？"她点点头。

我说："妈妈先陪你一会儿，但是考试的时候，需要专心。如果我坐在你旁边，你就会不时地看我，也会想向我求助。可是考试的时候你还是要靠自己。妈妈现在会安慰你、陪着你，但是紧张的问题，你要自己慢慢调整一下去化解。"她答应了我，并且也做得很好。

依赖他人是动物的本能，很多人会选择这样做。**但作为一个成年人，选择去依赖的那一瞬间，还是需要判断一下，自己是否必须通过依赖别人才能完成这件事。**

当然，这种自立是针对自己而言的，而不应强制要求别人。在一个人没有做到自立的情况下，我并不赞同狼性地训练他独立。在《创造你想要的世界》中，我就提到过，人生有无数种活法，记得把注下到自己身上。每一个人是一个能量聚集体，我们总是习惯性地向外寻求支点，殊不知其实向内的抓手才更稳固牢靠，也是更为真实的。选择是否去依赖，其实就是给自己的情感设置了一个限制阀门：需要去依赖的时候，主动寻求帮助；应该选择独立的时候，主动关上阀门，自己努力达成目标。

孩子从来都不是父母的附属品，而是独立的个体。我一直都在提醒自己：我和女儿注定会距离越来越远，会有各自完全独立的生活。在她需要依赖我来寻找慰藉的时候，我会做坚定牢固的后盾。但是她独自面对生活的能力，是需要我来帮她一步步搭建完善起来的。孩子与父母，初期是风筝和把风筝线攥在手里的人，而后就是两只飞鸟，无论西东，都可以并肩而行，也可以各自辽阔。

独立高飞，才能带来更多的可能性。自立与爱人相辅相成，自立的人爱得更辽阔，更明晰，热烈深沉中还有理性。

*

在职场上也是同样的道理。有一些被提拔上来的高管，管理经验不是很多，我们称之为稚嫩的管理层。在管理公司的过程中，他们会不停地向我求助。如果我立即反馈并且告知他每个步骤应该做什么，他在完成了这些步骤之后，还会再来问我后续应该怎样做。这就是一种职场上的依赖关系，无论对领导还是员工，都不是最佳选择。

为了我们共同的良性发展，我选择不再告知具体的执行步骤，而是引导。"你的想法是什么呢？""我也不知道，你觉得应该怎么做呢？""已经进行到第四个步骤了，你觉得这个步骤跟谁有关联？你需要问问这个人的意见吗？"我用引导的方法让同事们自己思考，而不是替他们做决定。

对职场人而言，如果一直做执行性的工作，而不去联想每一个事物之间的关联，总是寄希望于别人能够给予工作思路，会形成职场依赖症。职场依赖症会让人越来越不自信，并且不敢自己做决策，这是一个显而易见的恶性循环。

如果总有一个人在代替自己做决定，那么执行的人永远都不会有自己的决断能力。在职场上，做决定就意味着承担这个决定带来的结果，无论是成功的成就感还是失败之后的后果。如果永远有人在替你做决定，这看似是在为你遮风挡雨，其实也剥夺了你成长的机会。人生就像是一段耐力跑，在这个跑道上，没有人可以帮助你，你必须一个人坚持跑完！

所谓的独当一面，不是只有站在领奖台上的高光时刻，"欲戴皇冠，必承其重"。担责任的人生才好玩，如果只做一个被领导者，失去了给人生下注的权利，就成了一个被别人的意愿控制的人偶，虽然不用体验做决定时的挣扎，但是同样体验不到做决定时的乐趣。**做决定就意味着要承担责任，而变化就意味着要做额外的沟通，承担额外的压力。**在创业团队，所有人都在同一条船上，可能缺乏人手，可能缺乏流程，有的只是默契。那些在自己负责的区域里能够调整身段、自行决策、争取资源、凶猛推进直至把事情做好的人，才是真正的英雄。

一旦做出决策，如果你知道它能让你赢，那就突破重重困难去争取，争取团队里的其他成员，争取说服你的领导者，争取把整个决策踏踏实实落实下来。

提升自己做决断的能力，本质上还是相信自己，相信自己有做出决定的能力，也相信自己有能够承担的勇气和魄力。告别依赖，逐渐独当一面，才会有更多的机会做自己想做的事情，也有更多的锚点去帮助别人。

▶ 微不足道
却无比骄傲

无数的普普通通，无数的微不足道，无数的微不可闻，却有着让人心生敬畏的伟大力量。

爱，是蜜芽最初始的发心，在爱与被爱的过程中，我们获得了超出想象的愉悦。愉悦本身就是价值，而实现价值的途径多种多样。因为快乐的共通点，也不只前面提到的"被信任"这一项。

有一次会议上，我和同事们分享每个人觉得特别有成就感的事情时，出现了一个很有意思的现象。所有男同事都会讲自己比较在乎的事情，比如获得某一项成就，达成了一个目标，不断地攀登，去征服下一个高峰，他们的成就感来源于持续不断的成功。而所有女同事，则不约而同都提到了"被需要"这一点。

她们所说的"被需要"，并不仅仅是"被孩子需要""被家庭需要"，而且还要被更广阔的人群需要，我称之为"被社会需要"。对作为第二性的女性而言，"被需要"是非常重要的价值点。

而恰巧，公益与这项价值不谋而合。在做公益的过程中，找到自己的价值，也就能够实现自我价值，而在这个过程中也能反馈社会，从而证明自己，获得更大的成就感。

＊

我们在平台上销售年轻妈妈为了过高品质生活而需要的产品时，生鲜食品占据了很大一部分。现在的零售外送平台非常多，其实我们可以很方便地在各种地方买到水果生鲜，但是蜜芽销售生鲜的模式与其他平台又有一定的区别。

蜜芽的生鲜直接来自原产地。我们不选批发商的精品水果，而是选择来自原产地的水果、蔬菜、鸡蛋等等。我们为什么从多种原产地之中筛选出了很多贫困农户的产品？简单来讲，这样既可以帮助贫困农户解决他们的经济来源问题，同时还让用户也得到了更新鲜健康的农产品。

这看起来是很理性的业务逻辑，其实背后有更为深入的情感支撑。年轻妈妈们在选择产品、构建自己的生活的同时，也增加了贫困农户农产品的销量，这是最直观的助农。在这之中，蜜芽是一个连接起千万家庭的桥梁，我们的用户和蜜芽一起，组成了一个释放能量、帮助更多人的结合体，组成了一个"被需要"从而实现更多价值的整体。

以此为契机，在二〇一九年，蜜芽的扶贫助农计划"田蜜中国"覆盖了十六个县，蜜芽人行走了两万九千七百公里，让八万两千五百个贫困户得到了切切实实的帮助。在去年九月份，蜜芽的第一所希望小学开学了，没有任何剪彩仪式，这就像默默地为孩子们做了一顿如常的午餐，平实无声但是会持续长久。对蜜芽而言，公益从来都不是公关行为，而是与这个企业的初心和使命一脉相承的。这是"爱幼中国"项目中的重要一环，而爱幼中国是蜜芽全力打造的专注扶助母婴人群的公益项目。

让更多的人更好地生活，创造爱，传递爱，是蜜芽人一直在践行的事情。二〇二〇年一月份，蜜芽获得了第九届公益节的"2019年度公益项目"，这是对过去一年最好的总结。

＊

我们带着满满的热忱准备迎接新年到来的时候，从未想过，新的一年会以大家都意想不到的沉重开启。疫情肆虐的时候，公益的落脚点变得更加实实在在。其实，在灾难面前，一切都变得微不足道了。可是哪怕知道一切都微不足道，困难重重的时候，我们还是做了一些力所能及的事情。每一个人都在努力活着，我们没有理由不尽力。在那段时间，同事们的付出让我感动也让我惊叹。

前段时间，我发了一条视频，跟大家介绍我们的仓储物流老大。在疫情最严重的时候，身材娇小的她深入疫区去送物资。当时管控严格，能去的人员有限，东西根本搬不过来，她撸起袖子就开始扛包裹。这时候哪里有什么性别之分，性别的差异在紧急又繁忙的当口，被自然而然地抹去了，人的潜力总是无限大的。

想起那个时候，一个大写的"难"字还会浮现在眼前。

每一天都在跟打仗一样抢时间。大年初一，我们所有高管在一起开会，从初二到初四都在对接物资，初六大家基本上全部回到了工作岗位，开始为运送物资出谋划策，紧急落实各项工作。

疫情初期，口罩是最急需的物资，我们把它放在第一位。但是在对接的过程中，我们发现，由于穿脱防护服需要遵循严格的流程，非常麻烦，很多女性医护工作者在生理期时完全没有办法顾及这件事情，一整天工作下来，是十分不舒适的。

而女性医护人员在这次抗击疫情的大军中，占据了大多数。根据中国环球新闻网播出的纪录片《中国战疫纪》，中央指导组成员、国务院副秘书长丁向阳在接受采访时就明确表示，驰援湖北的医护人员有70%是女性。而根据地方媒体报道，各省奋战在抗疫一线的医护人员中女性占比均过半数。另外，根据联合国调查，疫情期间，女性医护做无偿护理工作的时间是男性的好几倍，因为要照顾病患家人的饮食起居，她们更容易暴露在感染风险之中。这些数据当然都是我们通过后来的报道才知晓的，但是知道火神山工地现场的男女工人比例达到一比一的时候，我们还是震惊无比。

虽然后来在短暂的时间内，关注战疫女性工作者的生理期卫生问题上了热搜，但实际上真正能关注到女性群体的人并不是十分广泛。尤其在提及"生理期""月经"这些敏感词语的时候，很多报道就更加力度不足。

如此众多的女性医护工作者所需要的不仅仅是防疫物资，还有生理上的物资支持。于是我们紧急调出一批安全裤，用力所能及的最快的速度，送到了一线。

在这里想多提一句，张文宏医生就表示："男女之间的差异事实上是存在的，但是在这次战疫当中，我们看到了女性的力量，这种力量支撑着我们一起完成了这次战疫。"而世界是由两性共同主导的，我们应该为每一种性别都提供最大的支持。尤其是女性，她们生理体能呈现相对弱势，却贡献出一样卓尔不群的巨大力量，应该被更多地看到，也应当被支持，更应当被肯定。**刻板印象中的女性也许依然默默无语，但这不妨碍她们各自散发力量与光芒。**

在把安全裤等物资运到抗疫第一线之后，对接物资的同事发现，医院的空气会产生交叉感染，于是我们又紧急调出一批空气净化器。因为我们的空气净化器所使用的技术，是当年非典期间香港医院用来抵御非典病毒的。正好我们的仓库里有现货，所以我们立刻给医院捐了一批空气净化器。

*

在这次疫情当中，每一个人都在自己的位置上发光发热。最伟大的自然是那些在一线抗疫的医护工作者，"明知山有虎，偏向虎山行"的勇气，不是因为不害怕，而是因为职责和担当。哪怕害怕，也依旧冲锋陷阵。都是肉体凡胎，却在战场上一身孤勇，用强大的内心和专业素养做盔甲。凡人的勇敢和热血体现在伟大的人的身上，就是默默地去做。想起《在一起》单元剧中的外卖小哥，他明明怕得要死，却依旧为自己自豪。他说，他们都是维持社会运转的普通人，不同的是，在世界都停下来时，他们还在默默地坚持着。

世界是运行着的巨大齿轮，看起来像一个永动机一样，永远不会停止，巨大到让任何人和事在其中都显得渺小无比，但也正是无数渺小构成了这个巨型机器。它看似永远不会停下，却会被微小到肉眼不可见的病毒击败，溃不成军，几乎要停止运转。这个时候，我们会恍然发现，渺小的人类是这个大机器运转所必需的要素。人能伟大到什么程度呢？也许每一个人用尽全力也还是显得微不足道，但是众多的微不足道聚集在一起，就足以撼动一切，让这个大机器继续运转起来。**无数的普普通通，无数的微不足道，无数的微不可闻，却有着让人心生敬畏的伟大力量。**

*

回忆起来总是轻描淡写，几句话写完。而那个时候就像在打一个局部战役，捐赠的物资都是根据同事们敏锐的观察和极其快速有效的调研来选择的。这些敏锐的触角和及时的决定，都来自我们做这件事情的初心：让这些东西切切实实被需要的人使用。

当时，我和同事们没有经过任何交流就达成默契：这不是公关行为。如果只是为了宣传，我们只需要随便给一个基金组织汇一笔钱，写两篇漂漂亮亮的公关稿就可以了。但是我们当时为了调配、运输物资，在一个微信群里没日没夜地对接，想办法把物资送到一线去，目的就是让这些小小的物资快速地被送到一线最需要它们的人手中，这才是核心。所以我们不求一次大量，也不求一次统一。

捐物资要从仓库发货给邮政，很多道路都封了，全靠人力徒步搬运，但是总不能让本来就经常长时间驾驶的司机师傅再来全权负责搬运货物。于是就出现了前面提到的，我们身材娇小的仓储物流负责人把装到车上的货再一件件地卸下来，承担着看似不可能的体能劳动。我们的员工在早上四五点拿着消毒喷雾，在仓库里逐个给物资消毒。虽然仓库在安全区，但是当时还是疫情最严重的时候，人人草木皆兵，他们毫无怨言地做了这些事情。此时，我由衷地感叹，这真是非常了不起的一群人。

放在更长远的历史视角下，我们所做的一切微不足道。但从有限的个体生命的视角来看，我为每一位蜜芽人骄傲。爱，是我们一脉相承的出发点，也是我们实现自我价值的最好途径。蜜芽会坚定地把公益事业继续做下去，为了更多人的幸福，为了传递爱与温暖。我们温暖着别人，同时也温暖着自己。我们感动于彼时的默契，自豪于彼时的努力，也感恩于此时此刻的收获。

▶ 寻找自我是
终身的修为

我们不需要通过别人的认同来承认自己的优秀，学会发现自己的美与好，自己给自己盖章认证，这本身就是一种卓越的能力。

除了中年危机带来的焦虑，在和公司的年轻人交流的过程中，我发现一个有趣的现象：大家的焦虑提前了。很多年轻人的焦虑在于茫然，他们急切地想寻找自我。"出名要趁早"，通过媒体的宣传，我们能看到越来越多的青年才俊涌现出来。某种层面上，这是一种积极向上的能量，能引导更多的年轻人往前走。但是如果说，二十五岁决定了人的一生，这就是耸人听闻的错误价值观了。很多年轻人无形中陷入一种思维误区：如果在二十多岁时没有找到确定的人生方向，人生就完蛋了。真的是这样吗？

在很年轻的时候就有意识地去"寻找自我"自然是好事，但是完全没有必要着急。年轻人尚未定性，在还没有失去焦灼，依然拥有鲜活的生命和热情时，在立体的城市空间和多元的网络世界，多看看事物的不同方面，不要太早把眼睛闭上。

我认为，二十五岁、三十岁、三十五岁，都是在寻找自我的年龄。现在的社会氛围倡导把"寻找自我"这件事情提前，导致很多人真正到了三十多岁的时候，反而觉得自己已经垂垂老矣，不敢再去做这件事情了，更不用说迎接在寻找自我途中的改变了。

"寻找自我"不是在特定年龄带着特定目的要去完成的特定的事情。人一生中都在对自我认知进行更迭，寻找自我是每个人一生的任务，没有截止日期，也没有过期时限，这是客观的规律。人对自己的认知是一直在改变的，总体上呈螺旋状上升，从不充分到充分。一个人到了三十五岁的时候，回头看看十岁时发生的事情，跟二十岁时的看法会完全不一样。三十五岁时对父母的理解，和十八岁时的理解也是完全不同的。

寻找自我，是加深对自己的理解、达到自洽状态的过程。喜爱自己是终身的修为，没有标准答案，每一个人都有自己的定义和解读。我的标准，就是要尽量快乐一点、轻松一些。

不要把"寻找自我"当成一个任务。如果只是当成任务，就算我们解决了这个任务，人生的问题也并不会全部迎刃而解。人生的目标，应该是让自己尽量活得快乐一点。在活着的过程中，怎么才能更快乐？把"寻找自我"当成工具，而不是终极目的。

就像我们常讨论的人生的意义一样，如果人活着的目的是"找到人生的意义"，那这种人生就会变得毫无意义。

*

在生活和工作中，总是不可避免地遇到各种问题，在问题面前，有一些执念是我们无法勉强自己放下的。我在遇到问题的时候，会选择把面临的问题和感到困惑的事情明晰地列举出来，事无巨细地写在纸上。大部分情况下，写完之后从头到尾看一遍，就会发现很多自己都觉得很可笑的事情。

对剩下的还是无法直接化解的执念，我把它们分成两类：一类是针对别人的，一类是针对自己的，当然可能还会有一小部分是面对环境的困惑。

在分类之后，首先从对自己的执念入手。对自己的执念可以再分成两种类别：一类是努力之后可以做到的，另外一类是努力之后也依然做不到的事情。前者其实是最简单容易的切入点，面对通过自己的努力能够化解的执念，分析产生这种执念的原因，再根据原因来拆解自己的执行动作。当执行的动作被细化到很小的时候，着手去做就能解决，甚至会产生一种"化解执念好简单"的想法。

而对别人的执念，就完全不在我的考虑范围之内，因为我们永远无法改变别人，也没有必要改变别人。

在通过自己的努力化解执念的过程中，你会发现一个神奇的效应：很多执念像"连连看"的游戏一样，同类项自动合并消失了，在不知不觉间你会发现，你着重解决了一件事情之后，就能解决很多事情。

人生就是个困局，前半生被环境影响，被所受的教育、父母的希望影响，你不清楚自己到底要选择什么，但总有一天你需要亲自为自己的人生做决定。在那个时刻，千万不要失去给自己的人生下注的权利。你可以失去一个订单，失去一些钱，失去让你觉得痛心的东西，但绝不要失去下注的权利，因为下注的机会越多，掌握自己人生走向的机会就越大，否则你只能停滞不前，或者随波逐流。

透过现象看到本质，不是终点。通过本质，解决更多的问题，才是目的。

*

观念上的转变显得尤为重要，其实很多焦虑都来源于自己的执念，这个执念可能是在环境潜移默化的影响下不自觉地形成的。除了"寻找自我"这件事情提前了，对"大器晚成"，大家似乎也不再能接受，因为所有人都拼命赶路。

我们公司一个一九九一年生的姑娘，觉得自己没有达到两年前初入职场时的目标，非常焦虑。四月份的时候，由于一直在家办公，她觉得自己还没有做到心中理想的项目经理的位置，可能面临公司裁员的风险。

我觉得她非常有代表性。一层一层来拆解这个焦虑的来源：为什么有的人认为到了三十岁，就一定要当上总监或者经理呢？因为要和身边的同龄人做对比。为什么全员都有一个职位概念？职位是公司科层制的体现。公司为什么要搞科层制呢？是为了更好地管理员工，一个人管理七到九个人，逐层形成金字塔的结构。职位只是公司管理的标志而已。具体到个人身上，可能同等能力的人，在这家公司是产品经理，在另一家公司叫作项目总经理。职位不是本质，个人能力才是。

无论是薪酬还是职位，我们大多是因为拿它们去比较，去对标市场或者所谓的平均值，才会给自己定一个必须完成的目标。这不能说完全没有必要，我们也不可能不比较，但是对标的时候，要能够自洽，而不能让自己陷进去。

比如人到了什么年纪要赚多少钱这件事情，也困扰了很多人。首先要想到，钱不是一个概念，而是一种客观需求，因为物价在不停变化，赚钱是为了生活；其次，要明确自己心中对生活的期待，标准不是平均值，而是自己的舒适点。

不断去适应环境，调整自己。**在工作中，当你不再有成就感也不再有线性发展时，就需要寻求别的岗位或其他事情，来让自己重新获得成就感。**

究其根本，这是在认知自我的过程中遇到的困惑，需要我们为此花费时间和精力来调整，这样才能避开焦虑。如果没有及时发现这种情绪，一时没有找到方法，就难免会焦虑。当你想去做一件事又害怕自己做不到，开始给自己找理由的时候，你就肯定会纠结。有舍必有得，有的人选择轻松，就必须放弃攀比心；有的人需要成就感，为此付出更多，就难免要承受疲惫感。**如果你要拥有你从未有过的东西，那么你必须去做到你从未做到过的事情。分清哪些是执念，哪些是自己内心不可或缺的快乐因子，不要把两者混为一谈。**

*

我和公司的年轻同事聊天时，他们的焦虑明明白白写在脸上，甚至已经工作三四年的人都会担心中年的时候得不到晋升。我觉得他们担心得太早了。中年人在职场中遇到瓶颈，或者说触到天花板，有一个必然的原因，是疲惫。

实现梦想的过程应该是这样的：你追求它，得不到，然后你继续努力，然后再失败，于是不断循环反复，直到有一天你的付出等同于甚至超过你的获得时，你可以心平气和地接受失去它，你就被它选中了。世间万物都会选择跟可以驾驭它的人在一起。

在事业追求上保持激情、不断提升自我的人，其实是很难碰到天花板的。但是现实中，很多人遇到瓶颈时感到疲惫，是因为并没有提升、精进自己的能力，而是把某几年攒起来的经验，持续地使用了二十年，或者说消耗了二十年。在变化极快的社会中，二十年前能够叱咤风云的技能，可能在二十年后就没有那么重要了，摸鱼闲得一时，却会带来长久的焦虑。与其为未来担忧，不如把时间和精力花在打磨技能上，精进技能其实就是在精进价值。

不要把目光放在一时的评判和标准当中，要专注于内在的提升，获得向内的抓手，知道自己的方向。我们不需要通过别人的认同来承认自己的优秀，学会发现自己的美与好，自己给自己盖章认证，这本身就是一种卓越的能力。

▶ 困境中的"敢"

生存中困境无处不在，只要持续思考，就总会遇到新的问题，这是前进的必经之路。

说起面对变化的勇气，在这几年的观察中，我发现，"敢"这个字是很多职场女性缺少的勇气和底气，尤其是在疫情期间，我接到了不同的辞呈，感慨良多。

蜜芽的女性员工占据了80%，在高管团队中，女性的比例达到了60%。我们的团队里女性占比非常高了，在这个基础上，就如"大家都是女人"这句话所说的一样，我们也都能彼此理解。但在这样的氛围和数据基础上，我依然感受到女性在职场中很不容易。在职场中打拼就像打怪兽升级一样，而女性的职业关卡又特别明显。

第一个关卡是一个较为普遍的现象：与同期的男性员工相比，很多女性在主观上就比较倾向于少投入时间在工作上，单身的时候谈恋爱，结婚之后照顾家庭。在大家的能力和智商相差无几的情况下，投入时间少的人，相对而言就会比投入时间多的人要弱一些。这也是一些企业里存在对不同性别差别对待的缘由。

于是经常有成功女性被问道："你是如何平衡事业与家庭的？"**为什么女性就一定要兼顾事业与家庭，而男性就可以只拼搏事业呢？**一个事业有成的男性，哪怕在家庭中投入很少的时间，也会被大肆赞扬一番，而女性就必须兼顾，这就导致职场女性要无限压缩自己的时间和精力去平衡二者，才能获取认可。

在中国，专业技术人员中有 47.8% 都是女性，中国女性之中职业女性的比例占到了一半，在全世界排名第一。所以说，女性在参与同等的社会分工的同时，也一点不差地承担着家庭责任。最近"职场妈妈"这个词频频上热搜，不断进入大众视野。数据调查显示，职场妈妈平均贡献了近四成的家庭收入，八成妈妈对孩子感到愧疚，九成人认为生育对自己的职业发展没有正面影响，甚至是阻碍。**这些"平衡"和"兼顾"带来的疲惫，不是女性一方力量可以解决的问题，家庭和事业，女性可以都要，也可以只选择一者，但是需要家庭和社会的共同理解与支持。**

对中年职场女性来说，这类问题似乎更为突出。求职当中存在性别歧视的一大原因是，很多用人单位考虑到投入产出比，对已婚未育的女性抱有很大的防备心态。国家政策也在与时俱进，也许，当男性在家庭育儿中的投入占比增多，男女为家庭花费的时间达到相对对等的状态之后，这些问题才能够有所缓和。

中年妇女直接贡献了新出生人口，尤其是八零后，也就是我这代中年妇女，贡献了过去十年里每年一千六百万至一千八百万的新生儿人口。现在九零后马上要成为主要育龄群体了，一个可怕的数据是，九零后女性人数比八零后女性人数少三分之一，而且越来越多的九零后不想结婚。身为独生子女的八零后、九零后，现在却成为备受关注、被寄予厚望的"主力育龄女性"，承担着缓解老龄化、盘活经济的重任。也许，是时候重新审视"生育"这份工作的公共价值，并重新思考分配制度了。

*

很多女性对工作很认真也很投入，但是非常容易情绪化，经常感情用事，这是第二个关卡。理性不足会导致在做重大决策的时候判断失误。在没必要出牌的地方乱出牌，却很可能只是因为一件很小的事情而情绪爆发。情绪的波动总是难免，但是如果能在工作中保持足够的理性，就更不容易让竞争对手抓住弱点来进行攻击。毕竟我们已经为事业付出了很多的时间精力，也展现了才华与能力，理性更能为我们的事业保驾护航。

在抗疫中立下赫赫战功的陈薇少将在被媒体采访时说了一句话，我印象尤深。她说："在工作中淡化我的性别，在生活中突出我的性别。"人们评价她睿智与亲和并存，执着与从容合一，出色工作，享受生活。

在职场中淡化自己的性别，在生活中强化自己的性别，是一种特别好的理念。这其中，女性本身有着得天独厚的优势，那就是直觉。很多女性比较依赖自己的直觉，直觉是女性的天赋，我们一定要珍视并善用它。在此基础上，我们要锻炼的就是逻辑推演能力。

直觉是无法习得的，但逻辑推演能力是可以习得的。在职场中，训练自己的逻辑推演能力，跳出来以更大的全局观来观察事件，将会使职场女性受益终生。通过训练做到准确运用这个能力的时候，你会发现，之前浪费了好多时间在一些完全没有意义的事情上。所以训练自己的逻辑思维和框架思维，在各个方面都是有百利而无一害的。这其实也是一种断舍离，舍弃掉不必要的情绪以及情绪带来的负面影响。

具体到方法上，我经常使用"脑图大法"，其实就是利用思维导图，在脑海中形成一个框架，再在白纸上逐个细化。在做决策的时候，我会在白板上推演，先把全局的示意图画出来，重要的、不重要的，紧急的、可以暂缓的，必须要做的、可以不做的，一个个填进去，要做的事情就明朗了。思维导图是一种很好的辅助工具，可以帮我们慢慢训练推理能力。

这种方法甚至可以在学生阶段就开始使用。高考那一年大家都在复习，复习的作用就是，在所有的知识都已经被装进大脑之后，再巩固一遍，目的是把这些知识归纳清楚。

我们平时在家里都知道杯子放在桌子上，盘子放在厨房里，就是因为我们每天都在使用，并且知道每一个房间的功能。信息和知识也就好比那些杂物，一股脑都塞进大脑里的话，很容易乱套。思维导图就会帮我们把大脑拆分成一个个的房间和抽屉，来帮我们整理、处理信息。当时我买了很多很大的白纸，在上面画思维导图，把一本书的知识都整理到一张纸上。尤其是对文综的课程复习，这种方法非常有效，我的推演能力也在那时候得到了比较批量的锻炼。进入大学之后，我就养成了一个习惯，随身带着一个小本子，把每天要做的所有事情都用清单列出来，做成一个待办事项列表，完成了就划掉，没做的就圈出来。一直到现在我还在沿用这样的方式来工作，只不过不再用本子，改为在备忘录里写写画画。这些是前提，所以我现在在工作时，不会想到哪里是哪里，永远都能做到心中有数，脑中有一个框架。

　　这看似复杂，其实很容易就可以完成：当你思考一件事情的时候，手中要有一支笔，面前要有一张纸，要尽可能地把它画出来。但长期坚持也不是易事，很多人都难以做到。有时候我会发现，很多员工没有框架思维，见到一个点就猛地一头扎进去，只做那一件事情，看不见其他关联，也不思考事情之间的关系。所以在员工做汇报的过程中，有时候我会打断他的话，原因大都是发现他就像拿着钻机在不停钻一个个眼，而这不是我们要重点关注的事情。我就会提醒他把注意力往回抽，换一个视角去看待问题，要有全局观。

　　要想有全局观，需要有更大的视野，这是管理型人才必备的。每个人都有自己的特长，当然有专家型人才，他可能更需要去深挖某一个领域，也更适合在各个领域去钻深井。**每一个岗位，都需要最大程度地发挥人的特长，所谓"用人用其长"。但是整体来看，从职场晋升的角度来讲，有全局性思维的人会有更好的晋升机会。**

＊

　　第三个常遇到的关卡是不自信。不自信不仅仅来源于自己，也可能来源于老板、下属、同级甚至行业。一个很明显的例子，在提薪这件事情上，在同等的条件下，往往女性提出的理想薪资，会比男性低很多。是因为自身不优秀吗？当然不是。政界和商界的女性领袖都非常少，也不是因为女性的天赋和能力差，这些"少"都是因为女性没有男性那么自信。

当一个人总是很容易陷入巨大的不安当中时，他呈现出来的状态，就是一种失控感，总体体现出一种不自信的状态。比如在我们公司，曾有一个项目需要两个人来竞争，竞争对手是一男一女，最后的情况是，女性说："那我来配合他。"而这位女性其实是我们的团队里非常优秀的中层。**管理负罪感其实比管理时间更为重要，当你做出一个决定之后，身边也许有人会指指点点，这很容易让人陷入自我怀疑。**但是面对这种自我怀疑，千万不要把目标从事情本身换成让所有人都满意。一旦做出决定，无论是对是错，你已经愿意并且也能够独自承担成就和后果，就完全没有必要把注意力放在别人如何看待或者评价你这件事上了。

也许是过去很长一段时间内的历史因素的影响，父母和社会对女孩的期待没有对男孩的高，这也导致女生对自身的价值认可过低。桑德伯格在她的职场观察中就发现，女性的不自信常常表现在："当她们所取得的成绩被人称赞时，会感觉那些称赞是骗取来的。她们常常感到自己不值得被认可，不配受到称赞，并心存负疚，就好像犯了什么错。"这是长久以来的固化印象。所以《乘风破浪的姐姐》能引起如此高的热度，那些特立独行的自信女性能受到如此多的欢迎。在中年之后依然敢于蜕变和挑战自我，破开心中那个"不自信"的浪，才是真正的乘风破浪。

中层是巨大的瓶颈，也是一个需要被破开的"浪"，很容易跨不过去、停滞不前。在《向前一步》中就有一个观点：很多人在为男女平等而努力，但是性别平等从来都不需要通过贬低男性来抬高女性。**很长时间以来，大家的关注点更多在于女性的选择权，这没什么问题，但是，我们是不是也可以把注意力多放一些在女性自身身上，让职场女性往前一步，有更多的"往前坐"的社会意识。**

尤其是在职级到了一定的高度之后，很多女性中高管更希望稳固，而男性更偏向于做大做强。在两者能力相当的情况下，女性少了一份自信。我认为，这在很大程度上是由生理结构决定的。在原始社会中，男人出去狩猎，永远要去找更加有机会和可能性的地方，甚至是充满风险的丛林，在那里他才能捕猎更大的野兽。而女性则在采集果子，在家整理收拾，更倾向于"守"。只有男性也不行，那就变成游牧民族了，最后大家安定不下来。只有女性也不行，那人们就不会去进攻了。所以在一个公司里面，高管的团队配置最好是男女平衡的。

不同行业中的男女比例也可能会有差异。比如在品牌的领域、消费零售的领域里面，需要快速把握用户感知和用户需求的迭代，如果用一整套逻辑分析推理下来，可能一波潮流就过去了，在这个时候，直觉就表现出非常重要的价值。所以现在我们能看到，很多品牌的创始人都是女性，这些都是有据可依的。但是销售的负责人以男性居多，因为销售更需要进攻的本能，要有一股生猛的冲劲，横扫了一线城市，还要下沉到更多的城市，做好了线上市场，还想拓宽线下市场。

作为 CEO，我需要把不同特质的人放到不同的位置进行搭配。而对员工们来说，无论是何性别，都要更清楚地认识自己的优势，把自己放在合适的岗位上。如果逻辑推演能力很强，希望变成比较综合的管理型人才，就要不断去训练并习得逻辑推演能力，培养自己更广阔的视野和全局感。想清楚这些问题之后，很多困难也就迎刃而解了，可以把更多的注意力放在事情本身上。

第四个关卡是，女性在陷入关于人生的困顿迷茫的时候，倾向于用彻底自我毁灭的方式来清零，认为这是解决人生问题的方式。我接触过好几个案例，这些女性都是因为离婚而辞职。当时我有点疑惑，离婚之后难道不应该有一个更好的工作来安身立命吗？但是拿着辞呈的人跟我说，因为整个人都感觉很迷茫，需要放空自己，才能重新开始，而无法继续在原地等待。我在想，离了婚的男人当中，是不是事业风生水起的人更多呢？

生存中困境无处不在，只要持续思考，就总会遇到新的问题，这是前进的必经之路。 这四个问题，是我在职场中看到的很多职场女性面临的普遍困境。当然也有越来越多的女性意识到了这些问题，并且做出了相应的调整。

当然，面对诸多问题，也需要一定的时间。前文说到，女性真正投入到社会工作当中来，其实还没有多长的历史，但是男性在社会中承担工作已经有几千年的历史了。历史进程是缓慢而深刻的，当人们慢慢意识到女性所承担的社会责任，并且认可其重要性时，这就是一种进步，包括我们也开始有意识地反思、解决女性在职场中所面临的不公。虽然现在也依然存在一些严重的问题，但是人们都在有意识地去改变这些问题。所以我相信，道路曲折但是前路光明。在曲折面前，更多的女性拥有"敢"的底气和勇气时，就向前了一步。

● 焦虑自救指南

现代社会并不需要"贩卖焦虑",焦虑本身就存在于每个人的日常生活里。

在大多数人眼里,我有一个幸福的家庭,有一手创立并为之奋斗的事业,"危机"一词似乎不会出现在我的生活中。但事实并非如此。实际上,无论是职场、家庭还是个人生活方面,我面临中年危机时,和社会上绝大部分中年人面临中年危机时的状态是一致的,那就是进退两难又一眼望得到头。

那些在机关事业单位工作的同事,五十来岁,每天在办公室里喝茶、读报,优哉游哉度过一天。旁边尚残存有一丝理想情怀的你,想象这就是多少年后你将要重复的职场生涯,心怀不甘,却又不敢轻易抛弃这份安稳生活……这可能是一种中年危机。四十五岁,在公司拼搏几十年,走到中级管理层的位置,拿着固定薪水,你想要追求更高薪的工作,但年老的父母、尚无法经济独立的孩子、随时可能替代你的年轻后辈等等，都让你无法冒着风险投入不确定的未来，唯有比年轻人更拼命，以证明自己在公司仍有不可替代的价值……这是另一种中年危机。

无论你贫穷或者富有，有怎样的社会地位、经济地位，步入中年后，危机开始显示出一种共通性。**那些一眼能看到头的职场生涯、举步维艰的生活处境，令你无法逃避，而你又因为背负着各种生活压力，瞻前顾后，无法向前，最终被困在原地。**

我也是如此。虽然职场上，蜜芽早已像一台运行良好的机器持续运转；生活中，丈夫、父母、女儿都延续着一如往常的节奏安排。但当一切循环往复地持续时，我发现自己被困住了，如同一个被安装进机器的零部件，一个被编排进乐曲的单调音符，无法前进，也无法后退。它们带着自己的规律，不允许你脱节，周而复始地循环。

有些人的人生意义可能是赚钱，他们通过拼命赚钱来缓解自己的危机。而对我来说，赚钱只是不断强化我作为公司零部件的身份的过程，最终只会加重我的危机感。解决我个人危机的唯一方法是寻求改变，通过改变来重新寻找自己的人生意义。减肥，是我在寻求改变的过程中非常重要的一步。它是一种仪式，是我在找意义的过程中，和过去告别的一个仪式。

但社会上更多的人，既无法通过赚钱，也无法仅仅通过寻求改变来解决自己的中年危机。他们如同困兽，清楚自己面临的处境，却又无能为力，抱着中年人特有的清醒，陷入一种似乎无解的焦虑之中。

*

在我的观念里，焦虑分成两种：一种是看起来跟自己没有太多实际关联的社会层面问题，比如说外部环境下的疫情；**另外一种是跟自己关系非常密切的个人问题**，比如说父母是否健康、工资能不能上涨、孩子上学是否顺利等等。对普通人而言，大家日常生活里都会存在这两种焦虑，并且这两种焦虑完全分开，不会混在一起。

但企业家不一样，企业家所做的事情，是在企业里为公司员工、合作伙伴以及全社会创造价值。企业家天然地就是大环境到小个体的连接者，他们不仅是价值创造者，同时也是有社会责任感的个体。

这让焦虑的情况变得复杂。企业家为人处世需要考虑的不仅仅是自己，从最外层的社会环境，到最内层的具体某一个家庭的幸福，甚至某个人的幸福，都要考虑。一个企业家可能因为某个决定而影响一个企业的生死存亡，也可能因为某一个做法，让上下游公司甚至整个行业受到影响。而小到企业内部，业务调整、岗位调动、裁员决定等，都会影响到公司的一个个具体的人。企业家需要负责和牵涉的层面广，做每个决定时需要考虑的因素也比常人要多很多，面临的焦虑也往往是两种焦虑状态的叠加。很多时候社会外部环境、公司内部环境、个人状况的焦虑汇聚到一起，难以区分。

作为蜜芽集团的创始人，我深刻体会到了这种焦虑。以疫情期间我可能面临的焦虑来举例。最外层的焦虑是袭击全球的疫情，它影响到整个外部世界的经济形势，自然会影响到作为社会企业的蜜芽。再深入一点是疫情下的公司。今年公司的战略方向能应对这次疫情吗？这个战略能契合公司现有的高管吗？是不是要根据疫情的变化，做出适时的调整？如果疫情持续，会不会影响今年公司的战略目标？诸如此类的问题，可以无限深入，无限扩展，每深入一层都存在无数新的焦虑点。甚至，深入到第十六层的时候，还会反过来想，第二层可能想错了。也有可能想到这一层会决策，公司需要裁员了，而这样的决定实际上会切切实实影响到一个个家庭与个人的幸福。

当然，生活里我面临的问题远远不止这些，一些跟自己关系非常密切的个人问题，甚至毫不相干的事情也可能引发我的焦虑。疫情下，女儿上学是不是安全？是不是需要保护她，让她少看疫情报道？如果不看，是不是又让她轻视了疫情的严重程度？凡此种种，作为母亲、作为企业家、作为妻子……

各种身份的交叠，让我的焦虑如一张网一般铺开来。我很多次试图解开这些纠缠在一起的结，失败了无数次。带着这种挫败感，我又陷入更深的焦虑当中。我忽然意识到，焦虑是一个死循环，可以无穷无尽。

我相信像我这样陷入无穷无尽的焦虑感的人还有很多。**现代社会并不需要"贩卖焦虑"，焦虑本身就存在于每个人的日常生活里。**房价越来越高，每个月少得可怜的工资，让买房这件事变得遥不可及；约了男朋友看电影，但领导却提出让人无法拒绝的加班要求；周围人都在报班学习新技能，我不报的话是不是就会落于人后……如此高速的社会节奏下，压力无差别地落到每个社会主体身上，人人都像拧紧了发条一样工作和生活着，但这样不健康的运转方式，总会有导致机器失灵的时候。

*

无论是危机，还是日常生活中的焦虑，都需要一个极为漫长的解决过程。我曾为此长期陷入一种难以自拔的痛苦，但最终还是通过自己摸索和寻求帮助的方式，解决了这些焦虑。这些解决方式，就我个人经验来说，还是有些彼此相通的方法论的。

首先要分清楚自己的焦虑类型，弄清楚它是在个人掌控范围之内能够通过一些方式解决的，还是超出个人掌控范围，凭借个人力量无论如何也解决不了的。对后者，那些不能改变的事情，要从心态上不断告诉自己：这是真实存在的事实，焦虑是无效的，那么胡思乱想自然也无效。

但对有些人来说，即使认识到这是存在于外部环境的、无法改变的焦虑，心理上也没有办法忽略。毕竟忽略焦虑本身也是一种能力，如果不具备这种能力，要怎么办呢？

还是以疫情为例。突如其来的疫情导致经济活力迅速下降，人们不再外出，不再维持和往常一样的消费。企业倒闭，工厂停工，一片紧张、衰退的迹象。不少人即便只是生活不再如往常便捷，也仍然感到非常焦虑，他们担心疫情对个人健康的隐形威胁，担心不知道哪天可能发来的裁员通知，担心公司强制执行的降薪，等等。这些在寻常日子听来可能难以置信的焦虑，在特殊的社会环境下如此真实，甚至影响到了个人在生活中的情绪。

出现这种情况时，首先需要意识到，疫情本身，凭借我们个体的力量是无法扭转的。普通人在这种情况下，只能做好防护措施，并遵守现有的新规则。紧接着应该思考的，不是怎样让疫情不再给自己制造焦虑，而是怎样尽量让自己的经济状况好起来，从而不至于被外界影响，或者将这个影响降到最低。

　　其次可以试试直面焦虑，将那一团沉重得化不开的感性情绪分析清楚：是因为担心个人收入下降而焦虑，还是因为担心公司倒闭而焦虑，或者因为担心个人身体状况而焦虑？可以试着将你的焦虑排列起来，细分成几条、十几条或者更多。在每一条里，把所有自己"能控制的"和"能影响的"东西列出来。结果你可能发现，自己并不是因为疫情这个大环境而焦虑，而是在为"能不能赚更多的钱""能不能有更多的职场安全感"这些具体的问题而焦虑。接下来，就要想想，今年公司是不是所有人都不涨薪？如果不是，那就要想想怎样才能成为那个能涨薪的人，然后一步一步地去分析，哪怕最后的分析结果是自己绝无可能成为那个涨薪的人，也坦然了，因为已经把所有能想到的都想透彻了，而不是像之前那样，总把疫情这种无法掌控的外部环境因素当作焦虑的借口。

　　同理，那些陷入中年危机的人，也可以试着去分析清楚自己真正担心的是什么。是因为年迈父母的身体状况而焦虑？还是顾虑没有变化的职场生活，无法实现个人价值？又或者担心现有收入无法持续满足家庭消费需求？事实上，看似一样的中年危机和问题，如果深究，会发现其实细分到最后，解决方式完全不同。如果是担心挣钱太少，那你应该毅然决然做好离开的准备，去寻求一个薪水更高的职位，或者在风险承受范围内创业；如果是担心无法实现个人价值，那你应该想想，你目前的生活、家庭状况，是否允许你奔赴一个不确定的未来；如果是因为父母的身体状况而焦虑，那带父母检查身体，给他们买好医疗保险，关注并解决他们的健康问题，才是解决你焦虑的正确途径。

　　不少人因为人到中年，上有老下有小，背负着很大的经济负担，在一份自己不喜欢的工作上犹豫了很多年。实际上，一旦想清楚自己真正焦虑的是什么，就可以采取实际行动。与其在该不该跳槽这件事上犹豫不决、瞻前顾后，不如想想如果跳槽该跳到哪家公司，那家公司的职位要求是什么，自己现有能力相比职位要求还差哪些……紧接着，开始列出计划，按部就班地努力培养新工作所需要的能力。

　　另外一个需要注意的问题是：要能够灵活地在"道"与"术"之间切换，不能只停留在某一个层面。懂得的道理和实际应该怎么做是不同的，不能盲目追求直线式的操作方法。自己所处的现实状况，可能面临的问题，都与你要采取的行动息息相关。如果事实发生了变化，要随时调整自己的方法，以适应新的状况。

　　现实生活中，绝大部分人在面对焦虑时，只会想到第一步，也就是知道哪些是个人能掌控的焦虑，哪些是个人无法掌控的。而具体到第二步，细分焦虑，弄清楚自己的焦虑的真正本质是什么，很多人都难以做到，或者偶尔想了几个要素，又瞬间跳回到第一步。

比如为了赚更多钱，想着如果在公司加班多一些，领导就会更看重我，然后提拔我。结果想着想着瞬间跳回了第一步：可是因为疫情，大环境这么差，怎么可能给我涨薪呢？这样就于事无补了。所以面对焦虑的状况，一定要一步步往下分析，不要往回跳。越往下细分，容易掌控的东西越多。到最后，哪怕还是没有结果，但是至少知道了事情的起因，得到了一个结论，这就说明事情在整体上不是完全不可控的。

这是我思考的方法论，对处理外部和内在焦虑都很有帮助。如果你也遇到了一些困境，或许可以用这种方法试试看，看能不能通过这个方法，分析出自己的问题出在哪里。

▶ 阅遍山河，
依旧觉得人间值得

日子循环往复，琐事无休无止，在此刻却都不足挂齿了。在这个大时代中，个人的命运虽然渺小无比，但是又让我感到骄傲、心潮澎湃。

在经历了危机之后，我开始反思自己。我为什么焦虑？就是因为觉得自己达不到自己要的标准，以及抓不住所有自己认为该抓住的东西。对所追求的事情，我自己想得对不对、能不能做到、能不能持续做到等等，如果这些问题的答案是否定的，或者是无解的，我就会感到焦虑。

具体到某一件事情上，细化解决问题的步骤之后，大部分人都能够解决自己的问题，不至于焦虑。如果已经产生焦虑，那一定是因为很多东西都纠结在一起，在那样的状态下，任何一件小事都能让人焦虑，生活处于失控的状态。所以人怎么掌控自己的人生？要在诸多繁杂中，舍弃掉一些必须舍弃的东西。舍弃的过程必然是痛苦的，但是舍弃之后，自己会更加轻松，也能看得更

加清楚。试想，眼前摆着十个选项，与眼前摆着三个选项相比，一定是在后者的情况下更容易做出选择。

人遇到中年危机时经常有溺水感、失衡感，这就是失控的表现。但是如果最后找到了新的意义，重新启程，就是找到了新的能量，也就能恢复到能量体的状态，继续发光发热，既不会焦虑，也不会悲伤了。但这是一个蜕变的过程，需要时间，也会带来疼痛。哪怕是重启电脑或者手机，也需要时间来等待屏幕从熄灭状态恢复成光亮状态。重启需要等待，也值得等待。

也许有人会问，我不断提到的人生意义究竟是什么？**我找到的人生意义就是，不再执着于在当下找到人生意义了。**

以前，我爱孩子，爱工作，忘记自己，自我怀疑，丢失意义。现在，我开始爱自己，爱更多人，不再想着一蹴而就，去生活，去感受着寻找意义，这就是意义本身。

寻找意义是不会有结果的，它是一个过程，或者说，不应该强求一个明确的结果。

寻找的过程其实就是享受的过程，如果你能享受这一点，那就是意义。

一个人爱自己、爱别人，可以作为一个能量体去做很多事情的时候，就完成了这个过程，也就找到了意义。

"爱自己是终身浪漫的开始。"这是王尔德的名言。当我们向着月亮奔去，忽然发现自己身边都是月光。

＊

现在很多人都说，年轻人的中年危机会早早到来，世界变化得太快，人们获得的信息越来越充足，于是便在更年轻的时候开始追寻人生的意义。其实，危机不分年龄，每个人的危机感都很重。究其原因，还是爱自己、获得自洽这件事很难。

塞缪尔·厄尔曼有一首写青春的诗，我很喜欢。

青春不是年华，而是心境；青春不是桃面、丹唇、柔膝，而是深沉的意志、恢宏的想象、炽热的感情；青春是生命的深泉在涌流。

青春气贯长虹，勇锐盖过怯弱，进取压倒苟安。如此锐气，二十后生有之，六旬男子则更多见。年岁有加，并非垂老；理想丢弃，方堕暮年。

岁月悠悠，衰微只及肌肤；热忱抛却，颓唐必至灵魂。忧烦、惶恐、丧失自信，定使心灵扭曲，意气如灰。

无论年届花甲，抑或二八芳龄，心中皆有生命之欢乐，奇迹之诱惑，孩童般天真久盛不衰。人人心中皆有一台天线，只要你从天上人间接受美好、希望、欢乐、勇气和力量的信号，你就青春永驻，风华长存。

一旦天线下降，锐气便被冰雪覆盖，玩世不恭、自暴自弃油然而生，即使年方二十，实已垂垂老矣；然则只要树起天线，捕捉乐观信号，你就有望在八十高龄告别尘寰时仍觉年轻。

人们总是爱赞美青春，但青春其实更是一种心境，而不仅仅是脸上的胶原蛋白。一个人只要思维活跃，能够保持一颗好奇心，正向捕捉到乐观的信号，就永远是年轻的状态。看起来年轻，也是一种莫大的赞美。

经历过青春，也见过很多皱纹，有人在六十岁的时候重新开始学习一门艺术，有人在年近古稀时重新出发。生命中的热气腾腾，不就来自用心"折腾"吗？想起大器晚成的典型代表摩西奶奶，古稀之年开始学习画画，八十岁举办第一场画展，成名成家。

年龄只是一个数字，深度要靠自己去不断挖掘，广度要靠自己去无限延伸，这两者都没有边界。也只有不断探索与延伸，为生命注入无数的活力，才能活得潇洒通透。我希望自己在将近八十岁的时候，仍觉得自己年轻、活力无限。

重启人生，就是给自己重新开始的机会和勇气，无论在什么境况里，无论多大年纪，只要你想，就可以重新出发。

走过危机，迎来中年，我对年龄有了新的思考。年龄带来的责任和压力，如同岁月在脸上留下的印迹，它们都是自然而然地发生的。年龄是一串数字，而其中丰盈的经历才是我的财富。对年龄，我没有恐惧。

三十五岁了，我还是有着"从天上人间接受美好、希望、欢乐、勇气和力量的信号"的能力。那句"归来仍是少年"，背后不是对衰老的恐惧，它是指接受了年龄，但是却没有被年龄打败，在岁月飞逝里保持自己的"少年感"。归来仍是少年，送给你，也送给我自己，希望重生之后，我们都能依旧爱自己。

日子循环往复，琐事无休无止，在此刻却都不足挂齿了。在这个大时代中，个人的命运虽然渺小无比，但是又让我感到骄傲、心潮澎湃。是的，我成了不再年轻漂亮，却仍然愿意热泪盈眶的中年妇女。这样的称谓让我坦然、从容和放松。

三十五岁了，我正式步入中年。大家都祝我快乐，但中年人的快乐可能不似少年的轻松，因为中年人的肩膀上有太多责任，而身后又往往空无一人。所以，我祝自己，也祝所有的中年人，历遍山河仍觉得人间值得。

图书在版编目（CIP）数据

重启人生 / 刘楠著 . -- 长沙：湖南文艺出版社，2021.7
ISBN 978-7-5726-0210-8

Ⅰ . ①重… Ⅱ . ①刘… Ⅲ . ①女性—成功心理—通俗读物 Ⅳ . ① B848.4-49

中国版本图书馆 CIP 数据核字（2021）第 107427 号

上架建议：畅销·成功励志

CHONGQI RENSHENG
重启人生

作　　者：刘　楠
出 版 人：曾赛丰
责任编辑：匡杨乐
监　　制：毛闽峰
策划编辑：李　颖　陈　鹏
特约编辑：朱东冬
营销编辑：刘　珣　焦亚楠
装帧设计：潘雪琴
出　　版：湖南文艺出版社
　　　　　（长沙市雨花区东二环一段 508 号　邮编：410014）
网　　址：www.hnwy.net
印　　刷：三河市中晟雅豪印务有限公司
经　　销：新华书店
开　　本：875mm×1230mm　1/32
字　　数：134 千字
印　　张：7
版　　次：2021 年 7 月第 1 版
印　　次：2021 年 7 月第 1 次印刷
书　　号：ISBN 978-7-5726-0210-8
定　　价：49.80 元

若有质量问题，请致电质量监督电话：010-59096394
团购电话：010-59320018